散る花は影に抱かれて
昔を思い出して滲んだ涙を義兄の着物でこっそり拭いながら、胸の傷を指先でたどったとたん、忠影の身体がぴくりと動いて離れようとする。それに抗い、はだけた胸に顔を押しつけると、
「…夏月」名を呼ぶ声がいつもと違う。

散《ち》る花《はな》は影《かげ》に抱《だ》かれて

六青《ろくせい》みつみ

ILLUSTRATION
山岸《やまぎし》ほくと

CONTENTS

散る花は影に抱かれて

散る花は影に抱かれて　第一章

《第一章》

・款冬華《ふきのはなさ》く・

寛文《かんぶん》三年、暮れ。

越後《えちご》の国。夜見《よみ》の表郷《おもてざと》の入り口である北山の麓《ふもと》では、山の中腹あたりまでたれ込めた銀灰色の雪雲が、しめった冷気を吹き下ろしている。

「さあ、夏月《かげつ》」

ようやく立ち止まった父、鷹之助《たかのすけ》の声に、夏月は顔を上げた。

数えでいまだ四歳に満たぬ幼子《おさなご》の、いとけない頬や鼻は寒さで紅く染まっている。

雪避け笠の下で吐く息を白く染め、高田《たかだ》城下から北山へと至る一昼夜の強行軍で、髪はほつれて疲労の色が濃い。しかしその容貌には母譲りの麗質がすでに片鱗を覗かせていた。

頬は白桃のなめらかさ、唇は咲き初めの紅梅よりもなお可憐。濡れて煌《きら》めく黒曜石のような瞳の美しさを際立たせているのは、柳の葉のようにすらりと形の良い眉である。

練り絹のような項《うなじ》にほつれ毛が戯《たわむ》れる様《さま》は、見る者に強烈な保護欲をかき立てさせずにいられない。

ひとつひとつの部位は天女と見まごうばかりのなよやかさであるのに、きりりと引き結ばれた唇や、まっすぐ対象物を見つめる眼光が加わると、凜《りん》とした意志の強さが前面に躍り出る。この先、少年にどんな苦難が降りかかろうとも、くじけることなくはね除けられる。そんなしなやかさを秘めていた。

「これより先、この者がそなたの父となる。天地《あめつち》の教えをよく守り、達者で暮らすのじゃ」

言葉とともにそっと背を押され、鷹之助《ちち》よりひとまわりほど年嵩の男の前に立たされた。

父の言葉は道々何度も言い聞かされたことなので、夏月は男の顔をじっと見つめた後、歳に似合わぬ聞き分けのよさで「はい」とうなずいてから、あわてて、力強くあたたかな父の手のひらをぎゅっとにぎりしめた。

今この手を離したら二度と会えなくなる。そんな気がしたからだ。

「左衛門《さえもん》、あとのことはそなたに託す。今日よりこの子は夜見の隠れ郷、下忍《げにん》左衛門の養い児。出自は他言無用じゃ」

「心得ましてございます」

素早く膝を折ろうとした大柄な左衛門の身体が、ぐらりと揺れる。それを見た鷹之助が、

「よい。傷に響くであろう」

礼は不要と片手でかるく制してから、ふと心配そうに眉をひそめた。

「だがその傷で、この子を郷までつれてゆくのは心許《こころもと》なかろう」

高田城下を出て街道沿いを一昼夜、夜見の郷を守る四ツ山を越えるまでの道中、左衛門はずっと左脚をひきずっていた。

前日、夏月とその母を襲った賊の間に割り入って、斬りつけられた傷である。

下忍とはいえ、左衛門とて鍛錬を積んだ忍びである。痛みだけなら主《あるじ》の前でこのような醜態はさらさない。胆力だけでは補うことのできない、どこか筋を損なったのかもしれない。

「心配はございません。わしの倅《せがれ》がほれ、そこに迎えにきておりますゆえ」

左衛門が指差すと同時に、まだらに雪の降り積もった黒い岩の影から十二、三歳ほどの男児が音もなく姿をあらわした。

頭の後ろで無造作に束ねた漆黒の髪が風に吹かれて幾筋かこぼれ、ひたいや頰を撫でている。まだ成長途中なのだろう、細さの目立つ手足はすらりと伸びて、しなやかで強靭《きょうじん》な青年期の姿を暗示している。

「おお、左衛門の倅か。よい身体つきをしておる。名はなんという、歳はいくつじゃ」

「名は忠影《ただかげ》、歳が明ければ十一になり申す。忍びとしてはまだまだ未熟なれど、道理と分別はついております。さ、忠影。近う」

父に手まねかれ、忠影と呼ばれた男児は音も立てずに夏月の前へ進み出た。それから自分の腰あたりまでしかない幼子に向かってひざまずき、頭《こうべ》をたれた。

どうしてよいかわからず救いを求めて見上げた夏月に代わって、父、鷹之助がおごそかにたずねる。

「忠影、そなたがこの場に呼ばれた意味は分かるか」

「は。父とともに、我が身に代えても夏月様をお守りするためです」

「うむ。この子の命、左衛門とそなたに託す。どうか守ってやってくれ」

「肝に銘じて」

言葉少なに答えて、忠影はいっそう深く頭をたれた。

「さ、夏月、今日よりそなたの兄になる者じゃ。よく教えを請い、ともに鍛錬を重ね……」

父はふっと言葉を切り、夏月を見下ろして唇を引きむすんだ。

昨日からの理不尽な仕打ちに黙って耐えている幼いわが子を、今この時を最後に手放さなければならない。鷹之助はその痛みと迷いを振りきるように、にぎりしめていた小さな手のひらを解き放ち、忠影の方へと背を押した。

「父《とと》さま？」

「よいか、夏月。命さえあれば」

——再び相まみえる日も来よう。

言葉を追いかけて夏月が振り返った時、すでに父の気配は寒空のかなたへ消え去っていた。

「父さま……——」

吐く息を追いかけるように顔を上げた夏月の幼い唇を、ひとひらの雪花がかすめてゆく。

見上げれば、けぶるような白い空から灰色の雪片が、あとからあとから途切れもなく舞い落ちて、夏月の水蜜桃のような頬や長い睫毛《まつげ》を濡らしてゆく。天地の区切りが消えるような、幻惑にも似たその情景に吸いこまれそうになりながら、追いかけても無駄なのだと幼い本能は察している。

それでも、足下から這い上るさみしさと悲しさに父の背を求めて走り出そうとした瞬間、夏月の身体は、そっとあたたかな両腕にささえられた。

「……兄《あに》さま？」

「――様はいらん」

忠影は、本来ならば影を踏むこともはばかられる主筋の少年へ不器用に返答すると、父、鷹之助が被せてくれた小さな菅笠《すげがさ》のかわりに、背負い袋からとり出した粗末な藁蓑《わらみの》で夏月の身体を頭からすっぽり包むと、背を向けてしゃがみ込んだ。

「さ、俺の背におぶされ。郷につけば厳しい鍛錬がまっている。こんなふうに甘やかしたりできなくなるけど、…今日だけは特別だ」

小声でささやいてから夏月に向けられた背中は父よりもずっと小さい。けれど父と同じくらい頼もしく、そしてあたたかそうだった。

「忠影」

「郷へ入るまでならいいだろ」

左衛門の咎《とが》めるような声に答える忠影の思いやりが、夏月の胸にじんわり沁《し》みた。

常人の足ではとうてい進み得ない道なき道を、忠影は夏月を背負ったまま、田の畦《あぜ》を行くような気安さで進んでゆく。

雪にかすむ黒々とした木々の影。足下には背丈ほどもある笹の群生や、棘《とげ》のあるつる草。唐突に行く手をはばむ巨岩。勾配の激しい凍った土面の窪みには枯葉が降り積もり、足場を危うくしている。

常人よりもはるかに早い足どりで凍りかけた沢をわたり岩場を登り、また下り、生いしげる熊笹をかきわけてゆく忠影の肩ごし、夏月の視界に映るのは、冬枯れた険しい夜見の山野を覆う白い雪。

胸に渦巻いているのは母への思慕だ。

三日前まで、いつも夏月の側にあったぬくもりは、突然襲った黒い嵐に奪われてしまった。嵐は禍々《まがまが》しい殺気を帯びた複数の大きな黒い人形《ひとがた》として現れ、あっという間にすべてを奪っていったのだ。

「……うっ……く」

背中の幼子がいじらしく涙をこらえる気配に、忠影は少しだけ速度をゆるめた。

首筋を、幼子が泣く直前の浅く熱い息づかいがかすめてゆく。

「——…今の内に泣いておけ」

郷に着いて下忍の養い児として暮らし始めれば、涙など簡単には見せられなくなる。

そっとささやくと、えり元にしがみついていた小さな指先に力がこもり、忠影の肩口にしめったぬくみと嗚咽《おえつ》が染みこんだ。

唇を真一文字に引き結びながらまっすぐに見上げてきた、湧き出る清水よりもなお澄んだ瞳の輝きを見た瞬間から、忠影の心はこの幼い子どもに奪われた。

露を含んだ花の蕾《つぼみ》のような顔《かんばせ》にも惹かれたが、忠影が一番感嘆したのは、あどけない幼さの中にちらちらと見え隠れする、夏月の凜とした気概であった。

——何があってもこの子を守ってやろう。

ぴたりと背中に寄りそうあたたかさ、首筋にしがみつく、か細い腕。忠影の中に芽生えた保護欲は、一歩足を踏み出し、背中の幼子の重みを感じるごとに強くなっていった。

・蟷螂生《とうろうしょう》ず・

十一年後。延宝《えんぽう》二年、初夏。

山々はあざやかな萌木色《もえぎいろ》に染まり、甘い花の香りを含んだ風が、頬から首筋を心地よく撫でてゆく。

「兄者《あにじゃ》」

高田城下での仕事を終えた忠影は、十日ぶりに夜見の隠れ郷へ戻る途中で、澄んだ笛の音のように涼やかな、そしてどこか甘さを含んだ声に呼び止められて立ち止まった。

「夏月。勝手に出歩くと父者に叱られる」

鬱蒼と木々が生い茂る山道の、声が聞こえた場所とは反対の方角へちらりと視線を向けながら、わざと渋い口調でたしなめると、

「新しい呪法を習ったから、試してみると言ったら――」

声は前方から背後へ移動して、今度は右へ左へゆらめいたかと思うと、次には中天から降りそそぎ、

――許してくれたよ。

最後に足下でじわりと広がって消えた。

忠影は苦笑しながら腕を組み、そっとまぶたを伏せた。

「それが、今のか」

――おれがどこにいるか分かる？

隠れ鬼で遊ぶ子どものような、無邪気な笑いを含んだ声が再び天空から舞いおりる。木々の葉陰か下生えの根本、それとも岩棚の窪みか、どこかに隠れている義弟《おとうと》の瞳が、みがきたての黒曜石よりも煌めいている様が目に浮かぶようだ。

思わず浮かべかけた微笑みを、忠影は引き結んだ唇で押しとどめた。

確かに夏月は同年…いや、ひとつふたつ上の連中と比べても頭抜《ずぬ》けた素質をもっている。だがしかし。……俺に挑むのは十年早い。

口の中のつぶやきが消えるより早く、左後方に生い茂る樫の枝に飛び移った忠影は、過《あやま》たず宿り木に擬態していた夏月の腕をぐいと引き寄せた。

「まだまだ、だ」

無造作につかんでいるように見えて、忠影の全身は、樹上の危うい足場から万が一にも夏月が落ちたりしないよう細心の注意を払っている。

この年二十一歳になった忠影の背丈は、忍びとしては大柄な五尺六寸。一方、腕の中で身動《みじろ》ぐ夏月は、まだ忠影の胸元までしかない。

青摺《あおずり》無地の上衣に手っ甲、同じく青摺の括《くく》り袴《ばかま》、脛《すね》には脚絆《きゃはん》、素足に滑り止めとして鉄鋲を裏打ちした草鞋《わらじ》という、身軽で地味な服装をしている夏月の、本来流れる水のように艶やかな黒髪は肩のあたりで散切りにされ、目元や頬を隠している。さらに、あまり日焼けしない質《たち》なのか、他の子どもに較べて白い貌や手足もわざと土や埃で汚していた。

それらはすべて忠影の父、そして夏月の養父である左衛門の指図によってなされてきた。

生来のままの美貌をさらせば、自然、他人の耳目を集めてしまう。左衛門はそれを怖れたのだ。

幼少の頃から養父と義兄によって美貌を隠されてきた夏月は、そのせいで己の容姿には無頓着なまま成長した。

「やっぱり兄者にはかなわない」

忠影の心配りには気づいていないのだろう、夏月は少しだけ悔しそうな顔をしてからふっ…と笑い、

「お帰りなさい、兄者」

花がほころぶような無邪気な仕草で、忠影の首筋にしがみついた。

媚《こ》びも驕《おご》りもない笑顔は、薄汚れた肌の奥から、蓮の葉に散る朝露が風に吹かれてひとつに凝縮したようなまばゆい輝きを放ち、忠影の胸を疼《うず》かせる。

初めて出会った時に背負ってやったこと。さらにその晩、父左衛門の言いつけを守り、冷たい夜具の中でひとり小さく身を丸め、けんめいに泣き声を押し殺していた夏月が哀れで愛しくて、「今夜だけだぞ」と言い聞かせこっそり一緒に寝てやったのがいけなかった。

翌朝から、夏月はまるで犬猫の仔のように、忠影のあとをついてまわるようになった。

「兄者、兄者」と舌足らずな声で呼ばわり、歳の差も体格差も考えず、忠影のすることならなんでも真似をしてみせる。そのあどけなさ、いじらしさに触れるたび身体の芯から滾々《こんこん》と生まれる、泣きたくなるような愛しさにうろたえてしまう己を叱咤し、律することが忠影の習い性になっていた。

「いつまでたっても子どものようだな」

内心の動揺は毛ほども見せず、忠影はやんわりと夏月を引き剥がし、するすると地上に降り立った。

「帰るぞ」

そのまま後ろを振り返らず早足で歩き始めると、すぐに軽やかな足音が追いかけてくる。

「兄者、待って」

あわててあとを追いかけた夏月は、義兄の隣りに並ぶと、その姿を見上げた。

なんの変哲もない縞の単衣《ひとえ》に、焦茶無地の括り袴。後頭部で無造作に結わえた黒髪、適度に焼けた肌色。逞《たくま》しさとしなやかさが同居する長い四肢。前髪の合間から見え隠れする秀でたひたいと通った鼻筋は明晰さを、引き結ばれた口元は男の忍耐強さを示していた。

まっすぐ前を見すえる義兄の横顔を見上げながら、夏月はずっと言いたかった願いを口にした。

「次の忍び働きにはおれもついて行きたい」

そう告げたとたん忠影は思いきり眉を顰《しか》め、何か言いたげに夏月の顔をちらりと見てから、すぐに視線を戻して歩き続けた。

やがてぽつりとひと言、

「駄目だ」

「どうして。兄者がおれの歳にはもう隠れ郷から出てた。それに三本杉の米蔵《よねぞう》も、川又の四郎《しろう》も、おれと同い年なのにもう仕事を請け負ってる」

「米蔵と四郎は大人で通る体格だ。だけどおまえはまだ小さい」

「そんなの！　術も技も、三つ年上にもおれより上手い奴はいないのに」

「駄目だ」

「どうして？　そんなにおれは頼りない？」

「――」

忠影は、それ以上なにを言っても無駄だとばかりに無言で顔を逸らし、足を早めた。

取りつく島もなく懇願を切り捨てられて、夏月は立ち止まった。構わずどんどん先へ行く忠影の背中を睨みつけ、拳をにぎりしめながらその場で地団駄を踏む。

理由を言ってくれてもいいじゃないか。

胸の中で叫んで唇を噛みしめる。

いつからだろう、義兄が時々こうしたよそよそしさを見せるようになったのは。

幼い頃は義父の目を盗んで、抱きしめてくれたり背負ってくれたりしたのに。

怖い夢を見て眠れなくなった時は子守り歌を歌ってくれたし、木の実の季節には杏や栗、林檎《りんご》に橙《だいだい》、時々はどこから手に入れたのか、珍しい甘い干菓子まで与えてくれた。

それなのに。

夏月はにぎりしめていた拳からふっと力を抜き、風の流れ、木のさざめきに同調して完璧に気配を消しながら、スイ…と木の幹へ身を隠した。

それまで拗《す》ねた義弟の存在など忘れたかのように先へ進んでいた忠影は、夏月が気配を消したとたん振り向いて、同時に全神経を集中しながら、最小限の動きで素早く周囲の様子を探り始める。

「夏月」

呼ぶ声には答えず、夏月は煙のような身軽さでそろりと義兄の背後に忍び寄ると、猿《ましら》のごとき素早さで飛びかかった。

「……ッ！」

背中に飛びついて首筋に左腕をまわし、右手で元結いを解いてやろうとした瞬間、くるりと天地が逆転して、あっと思った時には地面に抑えつけられていた。

「この悪戯者め」

苦笑混じりで軽くいなされて、夏月は意地になった。

「兄者は意地悪だ」

身軽さでは夏月に分があるが、体術ではやはり忠影には敵《かな》わない。それでもいつまでも、自分を子ども扱いする義兄が恨めしい。

「兄者の意地悪！　おれを置いていくな」

地面に縫いつけられた両手を振り切って逃げ出す代わりに、夏月は忠影の胸元に飛び込んだ。次の瞬間、肩に手がかかり引き離されそうになる。遠ざけようとする力が強くなればなるほど、夏月は夢中でしがみついた。

「おまえはひっつき虫か…」

やがて、呆れ果てた義兄の声がつむじに落ちて、夏月はようやく顔を上げた。

「…そうだよ」

寂しさで、夏月の心はいつでも凍えている。

他の養い児たちと同様、厳しい鍛錬と修行を課せられてはきたが、義父左衛門が夏月に手を上げることは決してなかった。

下忍の養い児に親子の情など無用。他家の子どもらが鍛錬の名の下、しばしば養い親からひどい折檻を受けていることを思うと、やさしい養父に当たって運がよかったと喜ぶべきかもしれない。けれど我が身の幸運を、夏月は素直に感謝することはできなかった。

自分には決して手を上げることのない左衛門のふるまいが、やさしさよりも遠慮によるものだと察していたからだ。その理由が、三つの時に自分を捨てた実父の身分にあることも。

夏月は父の身分がどの程度のものなのか、詳しいことは知らない。義父左衛門も義兄の忠影も教えてくれない。

別にそれでも構わなかった。

夏月は雪の日に別れて以来、一度も音沙汰のない父よりも、自分を十一年間育ててくれた養父と義兄に強い愛情を感じている。

「おれを、置いていかないで…」

一度親に捨てられた身は、慕う相手に見捨てられることを極端に怖れる。

「……」

忠影の手のひらが仕方ないなと言いたげに、胸元にしがみつく夏月の頭をそっと撫でてゆく。そのやさしさにほっとしながら目を開けると、暴れた拍子に乱れた袷《あわせ》の合間から義兄の胸元が見えた。

……あ。

鎖骨の下を横切る傷痕。

普段は隠されているその傷痕を見たとたん、夏月の意識は過去に誘《いざな》われた。

あれは夏月が七つ、忠影が十四の夏。同年の者よりひとまわり体格のよかった忠影は、身のこなしも心構えもすでに一人前の忍びとして扱われ始めていた。

ある日、忍び働きを請け負うため表郷《おもてざと》へ出かけた忠影のあとを、こっそり追いかけた夏月は、途中で荒くれ法師に捕まってしまった。気づいて引き返してきた忠影が「返せ」と凄み、法師が「嫌だ」と言い放った瞬間、死闘が始まった。

夏月が覚えているのは、自分を抱えて右へ左へぶんぶんと振りまわす法師の乱暴な腕。自分の身体を盾に忠影と刃を交える法師の、太い腕に思いきり噛みついたとたん、地面に叩きつけられた痛み。頭上から吹きつける怒りと殺気。

怒った法師が夏月めがけて振り下ろした刃の前に、間一髪で飛び込んだ忠影の胸が斬られた瞬間の血の匂い。緋色の飛沫《しぶき》。

――…あ！

身を挺《てい》して夏月を庇った忠影は、返す刀で法師の右腕を切り落とし、土手下の堰《せぎ》に突き落とすと、夏月を抱えてその場を脱した。

幸い傷は肋の骨で食い止められ、致命傷には至らなかった。それでも義兄の血を見て大泣きする夏月を、養父と忠影はひと言も責めなかった。責められなくても、自分が勝手にあとをついて行ったせいで一番大切なひとに傷を負わせた負い目は、夏月の心に深く刻まれてしまった。

あれ以来、なるべくわがままは言わないようにしてきた。それでも我慢に限界はある。

義父や義兄の言うがまま聞き分けよくなどしていれば、忠影はどんどん自分から遠ざかってしまう。年を経るごとに素っ気なくされたり、よそよそしい態度を取られることが多くなった。その意味を深く追求したくない。

本当は義兄に嫌われているのかもしれない。

そんな恐ろしい考えが脳裏に浮かぶたび、夏月はこの傷を思い出し、義兄の情けにすがりつく。

「どうした夏月」

声に呼ばれて顔を上げると、木漏れ日を背にした義兄の心配顔が覗き込んでいた。

「兄者…」

昔を思い出してにじんだ涙を義兄の着物でこっそり拭いながら、胸の傷を指先でたどったとたん、忠影の身体がぴくりと動いて離れようとする。それに抗い、はだけた胸に顔を押しつけると、

「…夏月」

名を呼ぶ声がいつもと違う。

そう感じた次の瞬間、顎の下に指を添えられ上を向くよううながされた。

思わず自分も声をひそめて返事をすると、傷痕に置いたままの指先に義兄の固い手のひらが重なる。

「なに？」

「なぁ…に？」

小さく首を傾げてもう一度問う。強くにぎられた指が熱くて痛い、と思う間もなく、どこか思いつめた様子の義兄の顔が近づいてきた。

このままでは顔がぶつかる。そう危ぶみながら、夏月は逃げることも避けることも思いつかず、ただ近づいてくる義兄の男らしい顔をぼうっと見つめ続けた。

ひたいで熱を計るつもりだろうか。小さい頃よくそうしてくれたように。でも…、

「……熱なんか、ないよ？」

内緒話のようにささやくと、忠影は目の前で水泡が弾けたようにぱっと目を見開き、ひたいが触れ合う寸前だった夏月から身を離した。

「済まぬ…」

「え？」

「いや、なんでもない。——帰るぞ」

忠影はそそくさと身を起こし、座り込んだままの夏月を立ち上がらせて土埃を軽く払ってやると、何事もなかったかのように再び歩き始めた。

「兄者…？」

その背中をあわてて追いかけ、陽に焼けた逞しい腕にすがりつこうとして、夏月は伸ばしかけた指先を引き戻した。

胸が常になく高鳴っている。

これまで無邪気に触れていた義兄の腕が、急に、獰猛《どうもう》な肉食獣の前肢のように近寄り難く感じた。しなやかで魅力的だけれど近づくのは危険。かつてない戸惑いと心情の変化の理由が、義兄を男として認識し始めたせいだと、この時の夏月はまだ気づけない。

気づかないまま、高鳴る胸と熱くなる頰を持てあましていると、忠影が振り向いた。

「夏月」

名を呼ばれ、珍しく義兄から手を差し出されたとたん戸惑いは吹き飛ばされ、嬉しさだけが残った。

夏月は、先刻生まれた妖しい感覚を振り払い、仔犬のような無邪気さでしっかり義兄の手をにぎりしめ、足取り軽く歩き始めた。

生い茂る木々と露出した大岩、崖と谷が入り組んだ細い間道を抜けると、山間のわずかな盆地に、夜見の隠れ郷が姿を見せる。

夜見の郷にはふたつの顔がある。ひとつはのどかな田畠《たはた》が広がる表郷。一見なんの変哲もない山間の郷である。

もうひとつの隠された面は、表郷の北山の裏、険しい隘路《あいろ》を抜けた先のわずかな平地で、ひそやかに営まれている忍びの暮らしである。

暮らしというのは語弊があるかもしれない。隠れ郷の真の目的は、下忍の子どもや近隣の郷や邑《むら》、時には遠く岩代のあたりまで足をのばして、暮らしが立ちゆかず捨てられた子どもや孤児の中から身のこなしのすばやい健康な男児を集めて鍛錬し、忍びとして育て上げることだからである。

毎年、四、五歳から七、八歳までの子どもが十人前後集められる。夜見の下忍の子は、親が仕えている家にそのまま仕えるが、余所《よそ》から連れて来られた子どもたちは、まずくじ引きによって主家を決められる。主家が決まると、隠れ郷での厳しい修行が十年近く続く。その間、多くの子どもが脱落してゆく。彼らの内、無事成人して一人前の忍びとして認められるのは半分以下だった。

彼らは下忍と呼ばれる。

下忍は下人とも書く。土地も姓も持たない小作人であり、主家に仕える下男でもある。彼らの大半は、結婚して子どもを作る余裕もないまま生涯を終える。残りの何割かは任務中に命を落とす。最後に残った二割から三割の壮年の下忍たちの内、優れた技を持つ者、または目覚ましい働きのあった者などだけが主家に認められて結婚をし、子を作ることが許される。

しかし生まれた子どもは、よほどの才覚に恵まれないかぎりやはり下忍となる運命。親の資質を受け継いでいれば、わずかながら銭を稼ぐ道を選べるが、忍びとしての才覚がなければただの下男下女として、牛馬のように主家に仕えて一生を終える。

夜見の郷には惣領である夜見家と、それに連なる五つの家、さらに三十六家の土地持ち郷士が支配者層として存在する。

五家は上忍《じょうにん》、三十六家は中忍《ちゅうにん》と呼ばれ、それぞれの格によって抱える下忍の数もちがう。上忍五家は、基本的に直接下忍を使うことはない。彼らは中忍に命じ、中忍はそれぞれ自家で育てた下忍を使って主命を遂行するのだ。

夏月の養い親である左衛門が仕えている中忍の川野辺《かわのべ》家は、家格は低いが待遇は悪くなかった。

ふつう下忍が怪我や老いで働けなくなると、主家の情けによってわずかな糧食が与えられ、屋敷の端や納屋の隅で細々とした余生を送るしか道はない。十一年前、任地で左脚を傷めた左衛門も、本来なら忍び働きは引退し、下男づとめと野良仕事につくしかなかっただろう。しかし、

「左衛門ほどの技者《わざもの》なれば、百年も前に生まれておれば、手柄ひとつで家を構えることもできたやもしれぬのに」

酒に酔っての戯《ざ》れ言《ごと》とはいえ、川野辺の主にそう言わせるほど、左衛門の忍びとしての才覚はすぐれていた。その才を惜しまれ、本来なら川野辺家の子息が務める隠れ郷での下忍養成に抜擢されたほどだ。もちろんそこには、夏月を預けた実父の思惑も含まれていたにちがいない。

隠れ郷の戸数はそれほど多くない。丘陵地に板葺きが数棟、残りの三十六軒はすべて茅葺きの粗末な造りである。水耕地帯が広がる表郷と違い、裏郷の土地は痩せた荒地ばかりが目につく。

薪や炭、米、味噌、野菜などは表郷から運ばれてくるが、足りない分を補うため、どの家でも周囲のわずかな土地を使って菜や薬草を植え育てている。

夏月と忠影が寝起きしている小屋は西山の麓近くにあった。日が陰るのが早く冬の寒さは厳しいが、すぐ傍《かたわら》に小川が流れているので夏は過ごしやすい。

すでに山の影に入り始めた小屋に近づくと、粗末な木戸の近くの大きな岩の影で夏月と忠影はぴたりと足を止めた。それから互いに顔を見合わせ、小声でささやく。

「…誰かきている」

なじみのない気配がふたつ、住み慣れた小屋の中にある。ふたりが同時に気配を消し、用心しながらそろりと足を踏み出したとたん、左衛門が姿を見せた。

「心配せずとも曲者《くせもの》ではない。——夏月、おまえに客人だ」

「おれに？」

義父の意外な言葉に、夏月の胸はどくんとひとつ、嫌な具合に高鳴った。

「兄者…」

無意識に忠影の手を探ると、思いの外しっかりとにぎり返された。あたたかく大きな手のひらから『大丈夫、俺がついてる』と励ましが伝わってくる。けれど見上げた義兄の顔は、これまで見たことがないほど険しく、不思議な憂いを含んでいた。

「我が名は佐伯一郎太春成《さえきいちろうたはるなり》。御父上の下命により、夏月様をお迎えに参上仕りました」

「同じく、服部四郎信次《はっとりしろうのぶつぐ》。夏月様ご健勝のご様子、何よりでございます」

夏月が引き戸を開けると同時に、粗末な板の間に座していた客人ふたりは名を名乗り、夏月に向かって礼儀正しく頭を下げた。同時に養父も土間に跪《ひざまず》いて平伏する。少し遅れて義兄までもが、夏月の傍らから一歩身を退いて義父と同じように跪き、深く頭を下げる。

夏月は驚いて立ちすくみ、義兄から義父、ふたりの客人に視線を走らせ、そうしてまた義兄の後頭部を見下ろして両手を強くにぎりしめた。

「いったい…、どういうこと？」

喉が干上がって声がかすれる。義父と義兄は土間に平伏したまま、身動きもせずひたすら黙り込んでいる。夏月はふたりの客人に視線を戻した。

佐伯、服部といえば、惣領夜見家に連なる五家の筆頭と次席の家柄だ。下忍である左衛門、忠影親子、その養い子の夏月にとっては雲の上の存在ともいえる。羽織袴に二本差しという立派な出で立ちの男たちに、頭を下げることはあっても、下げられることなどないはず…。夏月は救いを求めるように忠影にそっと寄り添い、膝を折ろうとした。しかし、

「夏月様が我らに膝を折る必要はございません」

佐伯春成と名乗った、歳の頃二十三、四の優男《やさおとこ》が夏月に近づいて手を取り、柔和な口調と雅《みやび》な仕草で夏月を上座に導くと、居住まいを正して口を開いた。

「詳しいことは追々説明させていただきますが、まずは大まかな経緯だけお話しいたしましょう――。十一年前のある夜、夏月様と母君は何者かに襲われました。残念ながら母君はお命を落とされましたが、夏月様はそこにいる左衛門の助力もあり一命を取り留めたのです――」

夏月の父は夜見の郷の惣領主鷹之助である。母は公家の流れを汲む京の豪商の姫君。

十五年前、ふたりは相愛の仲となり、やがて母は夏月を身籠もった。しかし、祝言を間近に控えたある日、運悪く鷹之助の兄虎之助《とらのすけ》が急逝してしまう。虎之助には四歳と一歳の男子がいたが、幼少を理由に次男である鷹之助が兄のあとを継ぐことになった。

ただしこの一件には夜見家だけでなく、上忍五家の思惑や亡き虎之助の妻、ひいてはその実家との確執が絡んでいたため、事態はややこしくなる。

兄の妻だった八重《やえ》は、自分の息子ではなく義弟――鷹之助――が夜見家を継ぐことを承知する条件として、彼の妻となることを望んだ。亡くなった兄虎之助は巌《いわお》のような身体と面貌を持った偉丈夫であったが、鷹之助の方は役者にしたいような色男であったから、いくら「一族の安泰のため」と大義名分を振りかざしても、八重のふるまいに眉をひそめる者は多かった。

八重の子どもが惣領家を継ぐことに難色を示した者たちの反対理由は、表向きは幼少ゆえだったが、本音の底にはそうした疑念があったのである。

子を身籠もり、祝言を控えた恋人がいる鷹之助はもちろん無茶な要求を拒んだ。しかし一族の安泰を第一とする上忍五家、さらに中忍たちからも「このままでは八重と子どもを担ぎ上げようとする一派と鷹之助を推す一派とで、家中が割れてしまう」と諫《いさ》められ、やむなく八重を娶《めと》ることになった。

虎之助の妻であった時はそれほどでもなかったのに、鷹之助と夫婦《めおと》になったとたん、八重は凄まじい悋気《りんき》を発揮し始めた。

鷹之助が侍女にやさしい声をかけただけで、その侍女を呼び寄せて小言や嫌味を浴びせ、ひどい時には折檻までする。鷹之助が諫めると泣き崩れ、二度としないと詫びながら、こんなわたくしを嫌わないでと取りすがる。その舌の根の乾かぬ内に、鷹之助に近づく女性にひどい仕打ちをくり返す。口ではしおらしく反省しながら、八重の悋気は留まるところを知らない。

その原因が、祝言を上げてから一度も夫婦の契りを交わしてやらないことへの抗議だと気づいていながら、鷹之助はどうしても八重を抱く気にはなれなかった。八重には内密のまま夏月の母、最愛の恋人との逢瀬を重ねていたからだ。

そして夏月が三歳の冬。悲劇は起きた——。

何者かに襲われて夏月の母は命を落とし、幼い夏月の身にも危険が迫る。

父鷹之助は一計を案じた。木の葉を隠すなら森の中。あえて膝元の隠れ郷に下忍の養い児として紛れ込ませることで、暗殺者の眼を欺き、夏月自身も鍛えようと。

それから十一年。鷹之助の思惑は予想以上の成果を上げ、夏月は我が身を守るに充分な技と知恵をつけ、成人しつつあった…。

「——…」

淡い記憶の彼方、雪の降りしきる山道。夏月の脳裏に、去り際に残した父の言葉が甦《よみがえ》る。

『生きてさえいれば…』

——あれはそういう意味だったのか。

自分が惣領のひとり息子だったという事実に驚きながら、夏月は長年胸の底で燻《くすぶ》っていた疑問を佐伯春成にぶつけてみた。

「十一年も放っておいて、今さら父がおれを呼び戻す理由はなんなんですか」

別れの雪の日からずいぶん長い間、夏月は一日千秋の思いで父の迎えを待っていた。

けれど今日の日まで一度の便りもなく捨て置かれていたせいで、いつしか、自分は父に疎まれて捨てられたのだと思いこんでいた。

「——ひとつは、夏月様が忍びとして素晴らしい資質を持っていることが明らかになったため。もうひとつは、夏月様をお守りする体制がようやく整ったからです。私や服部の他にも数名、夏月様に仕えるべく鷹之助様によって選ばれ、もう何年も前から鍛錬を重ねてきた者がおります」

そこまで言ってから春成は、土間に控えていた左衛門と忠影に命じた。

「其の方らは呼ぶまで下がっておれ」

視線も向けず、手を振って犬を追い払うようなその物言いの尊大さに、夏月は思わず眉を寄せた。

確かに、本来なら上忍と下忍が直接言葉を交わすことなどないのだろう。けれど仮にも夏月をずっと育ててくれた養父と義兄なのだ。もう少し違う態度が取れないのか。

そう抗議しかけた夏月の内心など忖度《そんたく》せず、ふたりが屋外に出たのを確認すると、春成はずい…と身を乗り出し、ことさら声を低めた。

「最後に、これが一番重要ですが、数日前、鷹之助様は何者かに毒を盛られました」

「――…ッ」

不穏な言葉に夏月は息を飲んだ。そして眼で問う。父は無事なのか、そして誰がなんのためにそんな卑劣な真似をと。

「幸い大事には至りませせなんだ。しかし体内に残った毒が、この先どのようにお館様を蝕《むしば》んでゆくか予想がつきませせぬ。夜見惣領家、ひいては郷の将来を考えますと、夏月様にお戻りいただき家督を継いでいただくことが一番の得策と、お館様以下、大方の家臣等の意見が一致しております」

「でも夜見家には、先代惣領の忘れ形見の男子がふたりいたはず…」

夏月にとっては従兄に当たる、亡き伯父の子のことだ。ただし、鷹之助が八重と婚姻を結んだ時点で実子扱いになっているため、夏月が夜見家に戻っても三男ということになる。

戦国の昔ならばいざ知らず、天下が定まった今の世では、長子次男を差し置いて三男が家督を継ぐには相応の理由がいるはずだ。

「確かにその通りでございます。ただし『今のところは』というのが、お父上および一族郎党《われら》の本音でございますれば」

言外に長子次男には正統な権利がないことを匂わせた不穏な返答に、夏月はわずかに声をひそめた。

「……もしかして母とおれを襲わせたのは、その八重という女性じゃないですか？」

これまでの話を自分なりに解釈した夏月が疑問をぶつけると、佐伯、服部の両名は満足そうに眼を細めた。

目の前の少年は、言葉遣いや身なりはともかく、下忍として育てられながら卑屈な様子がなく、春成等を前にして物怖じしない度胸もある。

打てば響くような会話の運びも、聡明そうな瞳も、そして何より、薄汚れたぼろと散切り髪の合間から煌めきこぼれる美貌の片鱗に、春成はもう一度満足そうにうなずいた。

屋敷に連れ帰り磨き立てれば、どれほど見栄えのする主に生まれ変わることだろう。

「それは解りません。ただし、そういった憶測が流れたことは事実」

春成の答えに、夏月はきゅと唇を嚙みしめ、

「そんな女《ひと》がいるお屋敷に、のこのことおれが入って平気なんでしょうか」

「平気…ということはございませんが、御身は私を含め、選りすぐりのお側衆が全力でお守りいたします。どうかご安心ください。さ、時が移ります。そろそろ御出立《ごしゅったつ》を」

屋内はすでに、灯がなければ足下が危ういほど暗い。佐伯と服部は立ちあがり、戸惑う夏月を導いて外へ出た。

初夏の夕暮れ。空はまだ昼間の明るさだが、山の影に覆われた庭先の其処此処は、すでに夜の先触れを感じさせる濃い闇を孕《はら》んでいる。形ばかりの木戸のすぐ近くに大きな岩が突き出ており、その根

本に跪いていた左衛門と忠影が、出てきた三人にいっそう深く頭を下げた。

その姿が眼に入ったとたん夏月は足を止め、

「待って、あなた方が八重…様の差し向けた刺客じゃないと、証明できるんですか？」

「様はおつけにならなくて結構です。ただし、ご本人の前では『義母上《はは》』とお呼びください。…まあ、そうした諸々の作法は、お屋敷に入られたあと、お教えいたしますゆえ、ご心配には及びません。それから私どもの身の証《あかし》ですが、そこの左衛門がよく存じております」

春成にちらりと視線を向けられた左衛門は、改めて平伏したあと、

「佐伯様、服部様のご両人はまちがいなく夏月様のお父君、鷹之助様の御使者でございます。どうかご安心なさって、本来のご身分に相応《ふさわ》しい暮らしにお戻りください」

「父者…」

地べたに跪き頭をたれた養父の、これまでにない他人行儀な物言いに夏月は愕然とした。

愕然としながら、すでに夢の一部として記憶の彼方に押しやっていた、三歳の冬の日の情景が甦る。

これは夢でもからかわれているわけでもなく、現実のできごとなのだ。

「……兄者は、知っていたの？」

夏月の問いに、義父の隣りで微動だにせず顔を伏せていた忠影は、ぴくりと肩を揺らし、

「――三十六家筆頭、もしくは上忍五家いずれかのご親族だろうと判じておりましたが、まさか惣領家の御嫡男とは思いつかず…。知らなかったとはいえ長年のご無礼の数々、どうかお許しください」

こちらも義父と同じく地にひたいを擦《こす》りつけんばかりに平伏しながら、低く感情の見えない声で答えた。

義兄は、佐伯と服部の前に出た瞬間から一度も顔を上げない。自分を見ない。

そこに義父と同じ壁を感じて、夏月は猛烈な居心地の悪さを感じた。

胸がざわめく。

――変わってしまう。嫌だ。兄者との間にこれ以上隔たりが生まれるのは、嫌。

「兄者、顔を上げて」

手を繋いで。布団に入れて。術を教えて。

幼い頃から何か頼むと、それが夏月の身を危険にさらすことでない限り、義兄は苦笑しながら大抵のことは聞き入れてくれた。

それと同じ声音《こわね》で懇願する。

「顔を上げて。おれに頭なんか下げないで」

言いながら地面に額ずく義兄に駆け寄ろうとした。その瞬間、佐伯春成に肩をつかまれ、やんわり引き戻される。

「夏月様は次期惣領たる尊い御身。たとえ養い親であっても、これからは徒《いたずら》に下忍風情に近づくことはお控えください」

「――は…なせッ」

「左衛門、忠影。若君がお許しくだされた。面《おもて》を上げい」

夏月の抗議を軽くいなしながら春成が尊大に告げると、ふたりはゆっくり顔を上げた。

「長の年月、よくぞ若君を守り育ててくれた。そなたたち両名には追って褒美の沙汰が下されるだろう。特に左衛門、其の方にはお館様より特別の恩賞が与えられるはずだ。楽しみにしているがよい」

「は…」

「さ、夏月様。お別れを」

「惣領家に行くなら、兄者と父者も一緒じゃなきゃ嫌だ」

「そういうわけには参りません。屋敷には惣領の子息に相応しい近侍《きんじ》や召使いが大勢おります。それに夏月様はこれから、家督相続に向けて様々な勉学をしていただくことになるのですから、下忍の暮らしは今日限り忘れていただかなくては」

「兄者と父者が一緒じゃなきゃ行かない！」

「わがままを申されますな」

一見柔和そうな春成の腕が、意外なほどの強さで腰と肩を捕らえて離さない。武術の腕前も相当らしく、夏月がいくら身を捩《よじ》っても逃げ出せる隙がなかった。そこへ、痛みに耐えるような苦しげな忠影の声が割り入った。

「夏月…様。ここは佐伯様の仰る通り、まず御父君にお会いになられることが先決。私や父については、落ち着いてからお考えくだされればよろしいかと存じます」

控えめな声で、毒を盛られたという父のことを言われて、夏月はハッと息を飲んだ。

確かにここで押し問答をしている暇はないかもしれない。

「屋敷に着いて落ち着いたら、きっと呼び寄せるから。そうしたら必ず会いにきて」

「はい」

「すぐにだよ」

「はい」

忠影のしっかりした返事に安心して、夏月はようやく夜見家へ戻ることに同意したのだった。

隠れ郷から表郷の屋敷まで、大人の足なら半刻（約一時間）ほど。とりあえず身支度は屋敷に着いてから改めるということで、夏月はそのまま出立した。

粗末な木戸口での別れ際、名残惜しそうな夏月を服部に命じて先に行かせたあと、佐伯春成は視線を夏月に向けたまま、抑揚の少ない小声で足下に跪く男に素早く念を押した。

「忠影と申したな」

「は」

「若君を名で呼ばわった無礼、此度は特別に見逃してやる。だが、ともに育ったからと言うて、なれなれしい態度は今日限り改めよ」

「は…」

「それから、先ほどの夏月様の言葉を鵜飲みにするな。己の身分を弁《わきま》えよ」

「……」

下忍風情が惣領家の跡取りと一緒に暮らせる日がくるなどと思うな。春成はそう言っているのだ。

忠影はいっそう深く顔を伏せて、断ち難い夏月への想いと別離の痛みを隠し通した。

隠れ郷で育てられる子どもたちは、忍びとしての修練と同時に、己の身分や立場を徹底的に叩き込まれる。やがて自分たちの主となる中忍に対して、隷属的とも言える忠誠心を刷り込まれ、さらにその上に君臨する上忍、そして惣領家への絶対的な服従も刷り込まれる。下克上の機運は遠のき、身分の上下は血筋や家格によって厳密に決められており、己の生まれを逸脱するのは難しい。

きっと夏月は、義兄や義父と別れるのは四、五日程度のことだと楽観していたにちがいない。

しかし忠影は一連の成りゆきから、嫌というほど思い知らされた。

夏月の名を呼び、その身体を抱きしめ、甘やかな笑顔を向けられる日は、この先もう二度と訪れないだろう…と。

・　玄鳥《つばめ》去《さ》る　・

別れ際に思い浮かべた忠影の予想は半ば的中し、本家に戻った夏月から迎えの使者が遣わされることなどないまま、時は過ぎていった。

夏月が去ってしまうと、忠影と左衛門は隠れ郷で暮らす理由がなくなったので、表郷へ降りて主家である川野辺家に下男として仕えながら、下命があれば忍び働きに出るという日々を送っていた。

夏月のいない暮らしは味気なく、日の光も花の色も褪《あ》せたような毎日だった。

所用があって隠れ郷へ足を運ぶ途中の山道では、木々が風にざわめくたび、

——兄者！

夏月の声が聞こえた気がして、忠影は何度も足を止める。けれど、ふり向いて名を呼んでみても答えはない。若竹のようにしなやかな身体がしがみついてくることも、甘い声で『兄者、待って』と追いかけられることも、もう二度とないのだ。

無邪気な信頼。時折り見せるひたむきな瞳。

「夏月…」

目を閉じれば鮮やかに甦る面影に、忠影は口元を手で覆いながらうめくしかなかった。

その後、夜見家跡継ぎとして迎えられたにも関わらず、夏月の存在はあまり郷人の口にのぼることがなかった。郷内に流れた噂はごくわずか『鷹之助様の隠し子が現れ、三男として夜見家に入った』

という程度のもので、佐伯春成が豪語したような華々しい話は聞こえてこない。

そのことが夜見家で夏月が置かれている立場の難しさを示しているようで、忠影は人知れず胸を痛めた。しかし天と地ほど身分が隔たった今となっては、いくら心配しても屋敷での夏月の暮らしぶりを垣間見ることはおろか、様子を訊ねることすらできない。

忠影にできることは、惣領屋敷が建つ高台の麓近くまで行き、偶然夏月が通りかかるのを待つくらいだった。しかしそんな幸運は一度も訪れないまま時は過ぎて行く。

そうしたもどかしい状況に、一条の光が射すことがあった。

それは年に一度の惣寄り合いの日だ。この日は裏郷《かくれざと》で修行中の下忍たちも表郷に降り、惣領屋敷で振る舞われる餅や菓子を頂いたり、能や芝居を楽しんだりする。

惣寄り合いは元々夜見の有力郷士、すなわち、佐伯、服部、多喜《たき》、黒川《くろかわ》、神保《じんぼ》の五家が、それぞれの権利や要求を惣領である夜見家に伝え、また互いの意思の疎通を円滑に行うために設けた話し合いの場だった。しかし戦国の世が終わりを告げ、幕府の治世が長くなるにつれて寄り合い本来の意味は薄れ、各家の忍びたちが修行の成果として軽業《かるわざ》や手妻《てづま》などを披露し、その技の上手を競うことに重点が置かれている。

惣寄り合いでは毎年、下忍たちの実力を競うため三日ほどの期間を設けて、定められた秘物を奪い合うという遊びが行われる。遊びと言っても真剣勝負。競い合いに男女の別や年齢は関係ないが、基本的に上忍、中忍は関わらない。相手に危害を加えることも禁止されている。

忍びの術は俗に偸盗術《とうとうじゅつ》と呼ばれるだけあって、その一番の目的は情報や物を人知れず盗み出し、主の元へ持ち帰ることにあるからだ。

勝ち抜いて一番になれば、それなりの見返りがある。惣領主から下賜《かし》される褒美はわずかな金子に過ぎないが、郷内で一の使い手であるという証が立てば、その後一年間は忍び働きに対する俸禄に色がつくのだ。

別れから一年後の秋。

夏月と暮らしていた頃は目立つことをおそれ、あえて避けていたこの技較べに忠影は参加することにした。夏月と引き裂かれて以来、それまでよりもいっそう鍛錬を積み、いくつもの過酷な忍び働きを黙々と重ねてきた甲斐あってか、忠影はこの年の一番巧者に選ばれた。

褒美をもらうために惣領家の敷地内へ入り、前庭の片隅で平伏しながら、屋敷の軒先に居並ぶ一族の面々から、夏月の姿を懸命に探る。

一番目立っているのは側近たちに囲まれ威を張っている長子氷雨《ひさめ》と次男虎次《とらつぐ》、その母である八重だ。縁側に面した大広間で、賑々しく酒を酌み交わしているその一団から少し離れた場所に、惣領夜見鷹之助と夏月が、こちらは酒も飲まず涼やかな様子で端座している。忠影が鷹之助を直接目にしたのはこの日が二度目だったが、やはり毒殺未遂の影響だろう、十年以上前に一度見たときより衰弱し、どこか病んだ気配はぬぐえない。

弱った父を支えるように、ひっそりと背後に控えた夏月は驚くほど美しくなっていた。

ざんばらだった髪は切り揃えられ、後頭の高い位置で結われて、一年の間に伸びた艶やかな毛先が肩の下で揺れていた。前髪もきちんと整えられ、昨年までの十一年間、忠影と左衛門が隠し続けてきた花のような麗貌を衆目に惜しみなくさらしている。

朝露に洗われた木蓮の花びらのような頰、目元に影を落とす長い睫毛と黒目勝ちな瞳。品良く引き結ばれた薄珊瑚色の唇。

褒美を受け取るため軒先に近づいた一瞬で、夏月の無事を確認した忠影は、安堵と喜びにほっと息を吐くと同時に、予想以上の美童ぶりに動揺した。

父鷹之助の影に半分隠れた夏月の姿を、その場にいる誰もが無礼にならぬぎりぎりの節度を守りながら、ちらりちらりと眺めている。中でも十六歳になる次男虎次の視線は特にあからさまで、端から見ている誰の目にも弟に対する執心ぶりが明らかだった。

褒美が、広間に座した惣領鷹之助の手から近侍に渡され、さらに階段の脇に控えていた番士を伝ってくる間、忠影はそうした様々な情景を読みとり、伏せた顔をしかめた。

地に着いた両手を思わずにぎりしめる。

——以前、夏月の澄んだ瞳に一番多く映っていたのは自分の姿だった。夏月の本当の美しさを知っていたのも自分だけだった。

それなのに。

かつて忠影が命をかけて自らに課していた守り育てる役目が、今は屋敷内に数多《あまた》いる側近の子息たちの手に委ねられている。彼らは夏月の側近くに侍り、時折りそっと耳打ちなどしている。

それに較べて自分はどうだ。言葉も交わせず、正面から顔を見ることもかなわず、地に這いつくばることしかできない。

悔しさとやる瀬なさに奥歯を噛みしめた忠影が、金子の入った袋と賞書を押し戴くため顔をあげた瞬間、広間の奥からまっすぐこちらを見つめる夏月と視線が合った。その刹那《せつな》。

――兄者…。

懐かしい呼び声が聞こえた気がした。

それまで端然と座していた夏月が思わずといった様子で立ち上がりかけたとたん、側に控えていた近侍がすばやく動いて邪魔をする。

目的を阻まれ憤然とする夏月の耳元に口を寄せたのは、佐伯春成だ。彼は庭先に平伏する忠影にちらりと視線を向けたあと、若い主人に何か言い聞かせている。

一年ぶりに忠影の姿を見つけて輝いていた夏月の表情が次第に曇り、やがて苦いものを我慢して噛み下した時のように小さく歪む。

たぶん、夜見家の若君としての心構えや、場にふさわしくないふるまいへの注意を受けているのだろう。それでも、すがる想いをにじませてひたすら忠影を見つめる瞳の強さは変わらない。

「今年一番の使い手は岩根《いわね》の忠影か。今後もいっそう鍛錬に励むがよい」

「は」

最後に鷹之助から声をかけてもらうと、早々に退出をうながされる。深く礼を尽くし、後ろ髪を引かれる思いで立ち上がった瞬間、

「ああ、待て。そなたの技に感服した息子が何か特別に褒美を取らせたいそうだ」

呼び止められ再びその場に跪くと、座敷の奥で夏月が従者に何か手渡している。

やがて番士を伝わって、紫の袱紗《ふくさ》に包まれた小柄《こづか》が忠影に与えられた。

鞘には舞い散る桜花に龍が戯れる図が浮き彫りされ、刀身にも桜の花びらが数枚彫り込まれた、長さ五寸ほどの美しい逸品である。

分を過ぎた賜り物に、思わず顔を上げると、一心に忠影を見つめる夏月と目が合う。

以前と変わらない、煌めく強い光をたたえた澄んだ瞳に、自分の姿が映し出される。

——ああ夏月は、今も変わらず俺を慕ってくれているのだ。

忠影はそれだけで、先刻までの身を焼くような焦燥感が少しだけ薄らぐ気がした。

翌年も、忠影は鍛錬を重ねて寄り合いの技較べで一番となり、褒美をもらいに屋敷を訪れた。そこで、ほんの数瞬だけ夏月と視線を交える。それだけが、かつての義兄弟に許された逢瀬だったのだ。

忍び働きの合間に無理をして隠れ郷に戻り、二年続けて技較べに馳せ参じた忠影に、父左衛門は渋い表情を浮かべ、

「思い違いをするな。あの方は、わしらにはもう手の届かぬ雲の上の身分に戻ったのだ。おまえも男なら潔くあきらめて、分相応の相手と早く身を固めろ」

倅の秘めた想いを知ってか知らずか、そんな風に諫めたりする。

長年夏月を守り育てた恩賞と、優れた忍びとしての実力から、忠影は父に続いて妻帯を許されたからだった。

「……」

「川中《かわなか》の槍蔵《やりぞう》に年頃の娘がいる。器量も良いし腕も立……――、これ忠影！」

父の言葉を最後まで聞かず、忠影は下男用の長屋を出て、そのまま表郷との境を目指す。

あきらめろと言われて鎮まる想いなら苦労はしない。今にして思えば、なぜ引き裂かれる前に想いを告げておかなかったのかと、己の不甲斐なさに臍《ほぞ》を噛む。

まだ幼いから。義兄と慕う無邪気さを裏切りたくなかったから。身分が違うから。

そんな理由をつけて遠ざけて、兄役に徹していた自分はなんという愚か者だったのか。

抱きしめて唇を吸い、恋を語ればよかった。夢幻《ゆめまぼろし》と消えてしまう縁《えにし》であったのなら、せめて己の真心を伝えておけばよかった。

居並ぶ一族諸氏や近侍たちに囲まれた夏月の、咲き初めの花のような顔《かんばせ》は、年を重ねるにつれ匂い立つほどの色香を身にまとい、それでいて清廉さは失わない。

夜見の屋敷に戻り、磨き立てられて美貌が露《あら》わになる前から忠影は夏月に恋していた。

今となっては告げる手だても、想いが報われる望みもないけれど――。

切ない思いで見上げた夕空は、胸の奥で燃え盛る恋情のように、あざやかな茜色だった。

・　菊《きく》の花開《はなひら》く　・

延宝四年。別れの日から三度目の晩秋である。この年は寒の訪れが早く、吐く息が白く染まる空に、初雪がちらついていた。

主家である川野辺の屋敷裏で、薪割りや水汲みといった下働きを務めていた忠影の元に一通の手紙が届けられたのは、そんな雪の午後のことだった。

「主より預かってまいりました」

他人目《ひとめ》を忍んでやってきたのは、惣領家に仕える小者である。その場で読むよううながされて、忠影は手紙を開いた。

『申しつけたき事柄ある故、屋敷表、菖蒲の間前庭に参上致すこと』

最後に記された夏月の名を認めたとたん、身体の芯がどくんと脈打ち五感が冴えわたる。

「これは…」

思わず震えそうになる語尾をなんとか押さえて忠影が眼を向けると、小者はうなずいて、

「刻が惜しいとの仰せでございますので、御仕度はそのままでよろしゅうございます」

お急ぎくださいと案内のために先に立つ。

その背中と手の中の手紙を交互に見つめ、須臾《しゅゆ》の間思い惑う。

夏月が自分に逢いたいと手紙を寄こした。

その事実は途方もなく嬉しい。しかし、その喜びに浮かれたまま素直に顔を出して良いものか。佐伯春成あたりに知られて、あとで夏月に迷惑がかからぬだろうか。

いや。『申しつけたき事柄』とある。本来惣領の子息が下忍に直接何かを申しつけることなどないはずだが、何か特別な事情があるのかもしれない。

忠影は手早く着物の汚れを払い、家中の者にひと声かけてから小者のあとに続いた。

夜見惣領家の屋敷は、表郷の北山寄りの高台にある。南に面した正門をくぐると広々とした前庭があり、立派な主屋《おもや》が立っている。西側に厩《うまや》、その奥には近侍たちが起居《ききょ》する長屋が続いている。

忠影が通ったのは正門ではなく東寄りの通用門だった。主屋は横切らず、そのまま漆喰塗りの塀沿いに奥へ進み、北東端に建てられた茶室を右手にやり過ごすと、主屋の裏から屋根つきの渡り廊下で繋がっている離れが現れる。

楓や桜、椿に山茶花《さざんか》といった草木が美しく枝を伸ばす中庭に足を踏み入れた次の瞬間、

「何者だ！」

鋭い誰何《すいか》とともに、すらりとした影が侵入者を遮る。

「佐伯様…！　あの、これは若君のお使いで、怪しい者ではございません」

しどろもどろに返事する小者を挟んで、忠影と佐伯春成は対峙《たいじ》した。

「無礼者！　頭が高い、控えぬか」

相変わらず、柔和な顔つきと優美な立ち居ふるまいに似合わぬ、鞭のような叱咤を叩きつけられて、

忠影と案内役の小者はすぐさま小雪でぬかるむ地面に跪いた。

「其の方は夏月様の厨番《くりやばん》であったな。我らの許しなく余人を奥に招き入れるとは、相応の覚悟があってのことだろうな」

「それは、あの、しかし…」

厳しく咎《とが》められて小者は震えだした。上役の叱咤におびえるその様子があまりに哀れで、そしてまた理不尽に思えて、忠影は懐から夏月の手紙を取り出し、

「その御方に罪はございません。若君からの呼び出しを受けてのことでございます。これなる手紙が証拠なれば」

仁王立ちする春成に差し出して見せると、ひったくるようにして取り上げられる。

瞬間、早まったかと後悔したが、もう遅い。

「…ふむ、なるほど。相分かった。これは夏月様の悪戯であろう」

春成はそう言って手紙を懐にしまい込み、

「其の方の名はなんと言ったか」

「……岩根の下忍、左衛門の倅、忠影にございます」

「——ああ、そうであったな。ではもう退ってよいぞ」

二年前、夏月を迎えに訪れた時に見せた態度と同じ、端《はな》から下忍の存在など歯牙《しが》にもかけないふるまい。本当は名も顔も覚えているのに、わざと知らない振りで相手を軽んずる。そういう意図だろう。

「恐れながら」

ではせめて手紙を返してくれまいかと、忠影が顔を上げると同時に、きつく睨み据えられた。

「口答えは許さぬ」

眦《まなじり》のつり上がった春成の瞳の奥に揺らめいているのは、不埒《ふらち》な侵入者に対する以上の、どこか冥《くら》い情念を秘めた怒り。いや、憎悪に近いかもしれない。

「退がれ」

下忍にとって上忍の命令は絶対だ。抗えば、その場で切り捨てられても文句は言えない。鋼《はがね》に包まれた氷のような、固い拒絶と冷たい憎悪を受けた忠影は、それでも一縷の望みをかけて口を開いた。

「せめて、手紙を返していただけないでしょうか」

夏月の直筆だ。逢いにゆくことができないなら、せめてそれだけでも…。

必死に言い募ると、頭上で鯉口《こいぐち》を切る音が響いた。「切られる」と頭が理解するより先に身体が動く。素早く身を起こして間合いを取ろうとした瞬間、なぜか春成は表情をふっ…と和らげて、抜きかけた刃を鞘に収めた。

「そなたは下忍にしては賢いらしいな。ならば私がこれから言うことも理解できるはずだ」

春成はそう前置きをしてから忠影に近づくと、互い以外には決して聞こえない小声で告げた。

「家中では今まさに一触即発の状態が続いておる。誰が味方で誰が敵か、いつ裏切り者が出るかわからぬのだ。隙を見せれば、夏月様が父君の二の舞を踏む羽目になるやもしれぬ。それだけは絶対に避けねばならぬ。――私の言っていることが分かるか？」

父の二の舞とは毒殺、暗殺の恐れがあるということだ。忠影は眉をひそめてうなずいた。

「わずかな隙も命取りになる。お若い夏月様はそのあたり、頭で理解できても今ひとつ実感が湧かぬご様子。今後このようなことが起きても、そなたは分別を持って対処して欲しい」

要するに無視しろという意味だ。

「すべては夏月様の命、ひいては夜見一族の未来のためだ」

春成はそう言って夏月の手紙をふたつに裂いて懐にしまうと、背を向けて立ち去った。

忠影は了承の意味を込めて、深く頭をたれることしかできなかった。


「三朗《さぶろう》おまえ、確かに手紙を渡したのか？」

夕闇迫る庭先の、紅く染まった楓に降り積もる雪を眺めていた夏月は、夕餉《ゆうげ》の膳を運んできた厨番の三朗に小声で尋ねた。

「は…、はい。しかし忠影殿は、自分がお会いするのは道理に外れると仰られて…」

「…そんな」

はずはないと返しかけて、夏月は口をつぐんだ。生真面目な義兄なら言いそうな言葉ではある。

しかし、夏月自らの招きを拒絶するということも、また考えにくかった。

難しい顔で黙り込んでしまった主人のため、部屋に明かりを灯して膳を整えながら、三朗は後ろめたさに思わず背を丸めた。

二年前の夏から屋敷で暮らし始めたこの歳若い主を、三朗以下側仕えの者たちは大層気に入っていたし、言いつけにも喜んで従っている。噂では、下忍の元で辛い修行に耐えながら成長したらしい。そのせいか、三朗のような下働きの者にも気さくにやさしい言葉をかけてくれるし、信用して大切な用事を任せてもくれる。

その信用を裏切っている自分が情けなかった。しかし三朗には妻と生まれたばかりの赤子を養う義務がある。ここで主に本当のことを告げれば、近侍頭の佐伯春成にどのような制裁を加えられるか知れないのだ。

「兄者…いや、忠影は確かに手紙は受け取ったのだな？」

「はい」

「そうか。…うん、美味しそうだ。三朗はもう退がってよいぞ」

部屋の隅で居心地悪そうにしている厨番に、夏月は無理に作った笑顔を向けた。

元々自分のわがままで頼んだ遣いだったのだ。しくじったからと言って責めるつもりはない。

許しを得た三朗がほっとした様子で部屋を出てゆくと、入れ違いで佐伯春成が現れる。

「お相伴《しょうばん》に参りました」

「うん」

「どうなされました。難しいお顔をして」

己を見つめる春成の視線を痛いほど感じながら、夏月は知らぬ振りを通した。

自分より十歳年上の、顔も頭も家柄も良いこの近侍頭は、夏月が夜見家の屋敷に戻った日から一日も欠かさず側仕えを務めている。

どこへ行くにも夏月の側を離れず、夏月の行いが夜見家の跡取りとして相応しくないと判ずれば、遠慮なく諌める。

最初はそれが息苦しく、居心地悪くてたまらなかったが、次第に慣れた。

けれどひとつだけ我慢できないことがある。それは、どんなに頼み込んでも義兄や義父を呼び寄せることはおろか、会いに行くことも禁じられていることだ。

この二年間、何度も屋敷を抜け出そうとしては見つかって、連れ戻されるということをくり返してきた。夏月とて、隠れ郷で修行を積んだ身である。隠形術や身代術などは義父左衛門に筋が良いと誉められた。しかし佐伯春成は、夏月以上に相当の使い手であるらしく、どうやっても彼の目を盗んで自由になるということができない。さらに、春成は五家筆頭佐伯家の嫡男として相応の発言力があり、家中の小者などは、どうかすると主である夏月よりもこの男の方を恐れているようだった。

——今日は春成が珍しく所用で留守にするというから、兄者にきてもらう算段をしたのに…。

こんなことなら最初から自分が出向けばよかったと、夏月は唇を噛んだ。

とはいえ、春成が留守でも夏月には他に四人の近侍がいる。夜見の五家それぞれから選ばれた一騎当千の強者《つわもの》たちで、春成に負けず劣らず、夏月の行くところならどこでもついてきてしまう。

——屋敷を抜け出す姿を見咎められて問答になるより、兄者を呼び寄せた方が早いと思ったのに。

まさか兄者が断るなんて…。

「お口に合いませぬか?」

「いいや」

心配そうな春成の言葉をさらりと受け流しながら、夏月は心に決めた。

もうこれ以上、引き離されたまま黙って我慢し続けるのは嫌だ。自分から逢いに行ってやる、と。


翌日。

夏月は、毒を盛られて以来伏せりがちな父の元へ見舞いに赴き、手水《ちょうず》を使う振りで席を外し、そのまま館を抜けだした。

奥庭の木々の影を伝いながら、着物を素早く裏返すと、鹿子《かのこ》絞りの華やかな白綸子《しろりんず》が、あっというまにみすぼらしい格子の単衣に早変わりする。袴は脱いで木の根に隠し、長着のすそを尻で端折って、草鞋に履き替えた足を泥で汚してから、長い髪を襟の中に入れ、使い古した手拭いで頬被りすると、背中を曲げてよたよたと歩き始めた。

出入りの植木職人の手伝い人の振りで、通用門からまんまと抜け出すことに成功したのは、夏月の変装が上手かったことと、守りの堅い屋敷ほど入る者への詮議は厳しいが、出る者へはさほど注意を払わないせいだった。

門を出て高台から麓へ一気に駆け下りた付近で、屋敷の方が騒がしくなった。たぶん春成あたりが、夏月の不在に気づいて探し始めたのだろう。

夏月は振り返らず、一心に忠影が仕えている川野辺家を目指した。屋敷からの距離はほぼ半里。常人なら歩いて四半刻。夏月の足なら走り通しで、その五分の一もかからない。

ほとんど息も乱さず川野辺の家にたどり着くと、夏月は身仕舞いを改めて身分を明かし、忠影を呼び出してもらう。

驚いた家人が裏庭に消えたかと思うと、すぐに懐かしい長身が現れた。

「夏…」

「…兄者——」

夏月の姿を認めたとたん絶句して立ち尽くした忠影とは逆に、夏月は昔のままの無邪気さで駆け寄り、思いきり抱きついた。

「兄者の意地悪！　手紙、読んだはずなのに、どうして逢いにきてくれなかったの」

やさしく肩に置かれた両手にぐっと力が入る。抱き寄せてもらえると期待した夏月の思いは、裏切られた。忠影はわずかに顔を逸らして、夏月を遠ざけたのだ。

「——どうして…？」

「…他人目がございます」

夏月は潤《うる》んだ瞳で、他人行儀を貫こうとする男の顔を強く睨み上げた。

「ずっと逢いたかったのは私だけ？」

ずっとずっと逢いたかった。義兄のことを想わない日はなかった。自分でもよくわからない激情がこみ上げて、泣きそうになる。目尻に浮いた涙を子どものように拳で拭いながら、夏月は言い募った。

「兄者は私のことなど、もうただの他人だと思っているの？」

「元々、血の繋がりはございませんでした」

「ひど…い」

どうしてそんなに冷たい態度を取るのか。夏月は口元に当てた拳を小さく噛んだ。

「もしかして、約束したのにちっとも屋敷に呼び寄せられなかったから、怒った…？」

恐る恐る訊ねた瞬間、忠影の顔に苦しそうな表情が浮かぶ。それが肯定なのか、それとも否定の表れなのか判じかねた夏月は、押し留める腕をすり抜けて胸に飛び込み、思いきり拳を叩きつけた。

「兄者の意地悪！」

「もう兄ではありません。若君、離れて…、皆に気づかれぬうちに早く屋敷にお戻りください」

「やだ！」

いくら詰《なじ》られても言いわけひとつせず、あくまで身分を弁えた物言いしかしない忠影に、夏月はじれた。困惑気味の声に、離れるのは嫌だと駄々をこねながら必死にしがみついた胸の位置が、別れた時より下に見える。別れた時は鎖骨に届かなかった視線が、今は首筋に届く。それだけ長く離ればなれになっていたのだ。

「兄者…」

胸元の傷痕に唇を寄せてつぶやいた瞬間、抱き寄せるか引き離すか、迷いを帯びて持てあましていた両手に、ほんの一瞬、強く抱きしめられた。

「あ…」

抱擁は、ほんの一呼吸にも満たないわずかなものだった。それでも、久しぶりに味わう温かな胸と、抱きしめてくれる腕の力強さに、夏月はまるで心の臓を直につかまれたような、これまで経験したことのない痛みと甘い疼きを感じる。

その正体を探ろうと顔を上げると同時に、忠影は間違いに気づいたような表情で素早く腕の力をゆるめて身を退き、夏月とのあいだに距離を取る。

「ご無礼を…お許しください。さ、お屋敷にお戻りなさいませ。そこまで送っていきましょう」

「兄者…、どうして？　お願いだから…」

なにか言って欲しい。もっと違う何かを。

自分でも何を望んでいるのかよく分からない。けれど、こんな他人行儀な態度を取って欲しいわけじゃない。それだけは確かだ。

屋敷に戻れとうながし、歩きはじめた忠影の背にすがりついた、そのとき、馬の嘶《いなな》きと複数の人間が駆け寄る気配に包まれた。驚いて忠影の背中から顔を出したとたん、万力のような強さで腕をつかまれて忠影から引き離される。

「何をする…ッ」

無礼者と叫びかけた夏月の声より大きく、厳しい叱咤が浴びせられる。

「岩根の忠影、控えよ！」

「夏月様はこちらへ」

腕をつかんだ佐伯春成が、夏月を抱きかかえるようにして忠影から引き離す。同時に、怒りの形相もあらわな服部が、忠影の肩を小突いて間に割り入った。

あとから続いて到着した多喜、黒川、神保といった近侍たちも、ふたりを取り巻く。

その様子のあまりの物々しさに、夏月は忠影の前で無防備にさらしていた子どもっぽさを素早くぬぐい去り、きりりと眉をはね上げて近侍たちの横暴な行為を諫めた。

「服部、止めよ！　佐伯、それに皆も。忠影は曲者ではない。私が自分から会いにきたのだ。無礼を致すな」

夏月の叫びも虚しく忠影は地に打ち倒され、その背中に黒川の刀鞘《かたなさや》が振り下ろされる。

背を打ち据える容赦のない音が二度三度と続く間、忠影は何ひとつ口答えせず唯々諾々《いいだくだく》と一方的な折檻を受け止めていた。

耐えきれないのは夏月の方だ。

「止めよッ！」

近侍たちには聞かせたことのないかすれた悲鳴を上げながら、押し留める腕を振り切り、忠影に駆け寄ろうとして果たせない。

「春成！　離せ…ッ」

夏月が叫んだ瞬間、地に伏せていた忠影の顔が上がる。鞘が当たって皮が剝けたのか、ひたいから血が流れていた。その赤さよりもなお紅い怒りと悲しみに、夏月は身悶えた。

「離せ…ッ！」

「なりません、夏月様」

羽交い締めにした腕で暴れる主の胸元を抱き寄せながら、春成は苦虫を嚙みつぶしたような声でたしなめた。

「ご自分の立場をご理解くださいと、あれほど申し上げておりましたのに、どうしてこのような軽々しい真似を…」

「忠影は、私が兄と慕うて育った者だ。逢いたいと思うて何が悪い」

「何もかも悪うございます」

「…春成！」

「言いわけはお屋敷でお聞きしましょう」

まずはこの場を離れることが先決と、有無をいわさぬ調子の春成に力尽くで馬に乗せられて、夏月はあっという間に忠影と引き離されてしまった。

怪我をした忠影をその場に残したまま――。

近侍たちが夏月のひとり歩きを心配するのには相応の理由がある。それは夏月の、夜見家における微妙な立場のせいだった。

現在、夜見家では先代の息子である長子氷雨と次男虎次、その母である八重の一派と、現惣領である鷹之助、夏月親子の一派による派閥争いが秘やかに進行している。

本来ならば、鷹之助の跡は長子氷雨が継ぐべきだろう。しかし、氷雨は生来虚弱で寝込みがち。その上、性格は冷淡で神経質。とても上に立つ者の器ではない。では次男虎次はどうかというと、こちらは身体は頑健だが、とにかく粗暴で思慮が足りない。十二や十三になるかならずで、下働きの端女《はしため》に手をつけて孕ます体たらくである。ふたりの息子の器については、以前から疑問と憂慮の声が絶えなかったが、その根底にはぬぐい難いある疑念がつきまとっていた。

――八重が生んだふたりの男児は、先代虎之助の胤《たね》ではないのではないか…と。

生前の虎之助は若い頃から性欲旺盛で、遊里の女だけでなく家中の飯炊き女や下忍の娘など、見境なく手を出していたが、子ができたと騒ぎ立てる女はひとりもいなかった。八重が嫁いできてからも、為すべきことは為しているはずなのに三年もの間、子はできなかった。

原因は八重ではなく虎之助にあるのではないか。虎之助には女を孕ませる胤がないのではないか。

誰もがそう思いながら決して口にはできず、重苦しい空気が漂いはじめた四年目に、ようやく八重が懐妊、男児を出産したことで一度は皆の愁眉《しゅうび》も開かれた。しかし長男の氷雨が成長するにつれ、ふたたび家中に不穏な空気が流れる。氷雨は父である虎之助の特長を何ひとつ、容貌も体格も受け継いでいないことが明らかになってきたからだ。

三年後に生まれた虎次はどうかというと、こちらは成長するにつれ先代に似てきたが、八重への不貞疑惑は晴れることなく、手放しで跡継ぎに推す者は少なかった。しかし頼りの鷹之助にも子ができない。このままでは八重一派の攻勢に圧されて虎次が跡継ぎになる。

万が一虎次も先代の胤でないとしたら、虎次が惣領を継いだ時点で夜見惣領家の血が絶えてしまう。そうした事態を憂慮した一部の人間は、鷹之助に側室を持つよう勧めるとともに、氷雨と虎次が先代の胤ではない証拠集めに奔走していた。

そうした状況の中に現れたのが夏月だ。齢《よわい》十四にして思慮分別があり、頭脳も明晰。下忍や下働きにまで心を配る慈悲深さも持ち合わせている。

八重親子に疑念を抱いていた者は夏月の出現を歓迎したが、虎次を先代の子と疑わない者や、八重とその実家である佐伯家に与《くみ》する者は、当然夏月の存在を疎ましく感じる。

佐伯家は上忍五家の筆頭で、惣領家や一族全体に対する発言権は大きく影響力も強い。佐伯家の意向を無視して夏月を跡継ぎにすれば、必ず一族の結束に亀裂が生まれる。

ゆえに、鷹之助一派は八重が不貞を犯した動かぬ証拠を探し、八重一派は邪魔な夏月の評判を落とそうと、鵜の目鷹の目で落ち度を探している。さらに、暗殺の心配もある。

「――ですから今後は、二度とこのような軽はずみな真似はなさいませんよう、伏してお願い申し上げます」

屋敷に連れ戻された夏月は、滾々と言い諭す春成から目を背けたきり、なかなかうなずかなかった。

背中を打ち据えられ、ひたいから血を流していた義兄の姿を思い出すと切なくて涙がにじむ。

「夏月様」と返事をうながす春成が、どれほど自分の身を案じてくれていたとしても、以前のように素直に感謝する気持ちにはなれない。頑なに忠影と逢うことを禁じられる理由が、夏月のためというより、春成個人の好悪によるのではないかと感じられたからだ。

「夏月様がそのように意地をお張りになるのでしたら、別の方法を考えましょう」

思わせぶりな春成の言葉の意味を、夏月は自分に対するなんらかの制裁――外出を禁じられるか、番士の数を増やされる――だと思い込んでいた。

しかし、その後も夏月の日常にはなんの変化も表れなかった。

春成の制裁は忠影に向けられていたからだ。危険な任務を与える、という形で。

夏月がそれを思い知ったのは、秘密の逢瀬が発覚した日からひと月後。朝晩の冷え込みがきつくなった神無月のことである。

夜半。

惣領屋敷の離れに一通の報せが舞い込んだ。取り次いだ者は宿直の多喜正二郎《しょうじろう》。

日中から降り続く雨に濡れぬよう、油紙で包まれていた文を開くと、見事な筆跡で『大層利口な鴉を捕えたゆえ見物に参らぬか』云々といった意味のことが書かれている。

送り主は上野館林藩主《こうずけたてばやしはんしゅ》、榊原秋康《さかきばらあきやす》。一国の主が、一介の郷主に手紙を寄こすなど普通では考えられない。夏月は何かの罠かと疑ったが、ふと思い直して訊ねた。

「上野館林といえば先月、氷雨義兄上が誰ぞ遣わしたようだったが…。多喜、そなた詳しいことを知っているか？」

多喜は五人の側近の中では最年少で、夏月より三歳ほど年長なだけ。風貌は茫洋《ぼうよう》としているがおそろしく俊敏だ。

「岩根の忠影、針馬《はりま》の五郎《ごろう》、水無《みずな》の冴蔵《さえぞう》。それにこの手紙を持ち帰った川又の二狼《ごろう》が赴いたはずでございます」

忠影の名を聞いたとたん、夏月は立ち上がった。

「川又の二狼と申す者をこれへ。直接事情を聞く」

「下忍を屋敷に上げるわけには参りません」

「では私の方から行く」

言うが早いか、夏月は多喜が止める間もなく部屋を出て、縁側から雨の降りしきる庭へ飛び降りた。

「お待ちください夏月様！　お召し物が濡れまする。二狼は私が呼んで参りますゆえ」

庭先を三歩も行かぬ内に番士に遮られた夏月は、必死に叫ぶ多喜を振り返り、

「最初から、そう言えばよい」

少しだけ溜飲《りゅういん》を下げてつぶやいた。

行商人の体《てい》をした川又の二狼が、離れの軒先に連れられてくると、夏月は急いた気持ちを抑えながら事情を尋ねた。慣れない場所に恐縮しながら、二狼が答えた内容はこうである。

「先月より、下命を受けて館林城に潜入しておりましたところ、仕事の遂行方法について意見が割れまして…」

館林城に潜入し、家宝の茶器を盗み出せという命を受けた。内容からいって主君充永《みつなが》の下命だろう。くだらない任務に眩暈《めまい》がする。

夜見家が仕えているのは越後十二万国松平《まつだいら》家であるが、先年病に倒れた父の跡を継ぎ高田城主の座に就いた充永は、今年三十二歳。奢侈《しゃし》と色を好み、領民への慈悲を知らず、謀略によって気に入らぬ家老や一族の誰彼を陥れることに喜びを見出している。その暗愚ぶりを示す事例には事欠かない。

充永から下される指令は国内にひそむ不穏分子の監視や摘発、他国お家事情の詮索、幕府から放たれる隠密や巡見使《じゅんけんし》の動向を探れという比較的まともなものから、自身が商人から借り上げた金子の貸付証を盗み出せという呆れたもの、口うるさい家老を密かに毒殺せよという言語道断なものまで、多岐に渡っている。その人使いは荒く、私利私欲に走った任務ほど命の危険を伴うものが多い。

「首尾良く茶器を盗み出したあと、五郎と冴蔵が偶然見つけた幼い姫君をさらって、手籠めにしようとしたところ、忠影が止めに入りまして…」

五郎と冴蔵は、姫を盾にして忠影の攻撃をかわしながら、正義漢ぶるなとあざ笑い、まだ膨らんでもいない少女の胸元に手を突っ込んでみせたらしい。

その瞬間、日和《ひよ》って成りゆきを見守っていた二狼の目にも、忠影の身体から立ち上る凍てつくような怒気が見えたという。

「……それで、どうなったのだ」

五郎と冴蔵の下劣極まりないふるまいに虫唾《むしず》が走るほどの嫌悪を覚えながら、夏月は忠影の安否を知りたがった。

「五郎は右腕を、冴蔵は左脚を忠影に斬られました。解放された姫君の無事を確かめようとした瞬間、悲鳴を上げられて…。口を塞ぐのが一瞬遅うございました。異変を察した番士が雲霞《うんか》のごとく押し寄せ、さすがの忠影も脱出するのは不可能となり」

「捕らわれたのか。ではなぜ、そなただけが帰って来れた。この手紙にある『鴉』とは忠影のことか？　忠影は生きておるのか？」

矢継ぎ早に夏月が尋ねると、二狼は深く額ずきながら「多分…」と頼りなく答えた。

「――…ッ」

夏月は瞑目して拳を強くにぎりしめ、歯を食いしばる。そうしなければ目の前の二狼を怒鳴りつけてしまいそうだったからだ。

――兄者…！

今すぐにでも館林に飛んで行きたい。まさかあの義兄が、自分を残して命を落とすことなど有り得ないと、根拠のない確信と同時に、全身が痺れて溶け崩れてしまいそうな恐怖に苛《さいな》まれる。

「兄者…」

どうか無事でいて…と口の中で唱えて、夏月は目を開けた。

忠影の安否を強く願うことで精神が研ぎ澄まされてゆく。夏月の頭の中でめまぐるしく考えがまとまりはじめる。

思わせぶりな手紙を送ってきた館林藩主榊原が、何を企んでいるかはわからない。しかし、

「これは、逆に好機かもしれぬな…」

惣領屋敷に入って丸二年。夏月は夜見の忍びたちが調べ上げた他藩の実情や藩主の人柄について、ひと通り叩き込まれている。それらの情報によれば、館林藩主榊原秋康は名君と噂される人物らしい。

「夏月様」

誰かが知らせたのだろう、騒ぎを聞きつけた佐伯春成が深夜にもかかわらず姿を現した。

「春成か。良いところへ参った。ちょうど呼びにやろうとしていたところだ」

「いかがなされました」

「館林藩のことを詳しく知りたい」

春成は何か言いかけたが、夏月の強い視線に抑えられ下命に従った。

調べてみると、半年ほど前にも一度、充永の命によって館林城下の様子が探ってあった。

夏月はその時の報告書に目を通し、さらに探索に当たった者にも話を聞いた。その結果、やはり榊

原秋康にはこれと言った疵《きず》はなく、清廉潔白な人柄で国元では領民に慕われ、江戸表では他藩との関係も良好だということが判明した。

そこまで調べたとき、夏月の直感が、充永が茶器を盗み出すよう命じたのは、秋康の名声を妬んでのことではないかと告げてきた。

たぶん忠影も薄々それを察して、秋康の姫を助けるために仲間を斬ったのではないか。

そこまで考えて、夏月は立ち上がった。

「夏月様、どこへ行かれます？」

夏月は障子を開け、暁闇《ぎょうあん》のたちこめる廊下へ一歩踏み出しながら、あわててあとを追う近侍たちを振り返り、宣言した。

「館林へ行く」


佐伯春成、多喜、神保の三名を連れて、夏月が上野の国館林城に着いたのは、知らせを受けた三日の夕刻。馬を使っての強行軍の結果である。

最初は館林行に強く反対していた近侍たちも、夏月の思惑を聞いて考えを改めた。

『秋康公が噂通りの人物であるならば、これは千載一遇の好機かもしれぬ』

暗愚な主君充永を見限るためのもの。とまでは口にしなかったが、夏月の歳に似合わぬ冷静さと、強い光をたたえた澄んだ瞳の色に、近侍たちも何かを察したようだった。

城下で身を清め、仕度を整えて使者を出すと、すぐに拝謁の許可が下りた。ただし、夏月ひとりに対してである。迎えに現れた物々しい番士に囲まれて、夏月が案内された先は館林城内の一角に設えられた池の端。そこに端然と佇《たたず》む、背の高い目元涼やかな壮年の美丈夫が、館林十六万石藩主、榊原秋康だった。

秋康は、番士に囲まれた夏月の姿をひと目見てわずかに眼を細め、小さくうなずいた。

人払いされてふたりきりになると、夏月は手招きに応じてささやき声が届く距離に近づき、跪いた。

「夜見の郷、惣領の息子、夏月にございます」

「よくぞ参られた」

秋康はわずかに微笑んでから、静かに事のあらましを語った。

「此度、盗みの標的となった茶器は将軍家から下賜されたもので、万が一にも紛失するような不祥事を起こせば、それを理由にお家断絶という騒ぎにも発展しかねないほど大切なものだ」

淡々と語られる秋康の声を聞きながら、夏月は己が主君の悪辣さに頭を深く垂れて恥じ入った。

充永は過去にも度々、夜見の忍びを使って他家を陥れる火種作りに興じることがあった。一国の君主とは思えない愚劣で浅慮な行動だ。

「越後守殿とは、先年江戸表にて登城の折り、我が榊原の行列と道で鉢合わせ、譲る譲らないの騒ぎになった。幸いあとから通りかかったお側用人の取りなしで、我が方の先行きと相成ったが、どうやらそれで恨まれたらしい」

「……」

どちらが先に道を行くかで争い負けて、相手の家を潰しかねない仕返しを思いつく充永の遺恨の凄まじさに、夏月は胸がつまる思いだった。そんな理由で夜見の人間を危険にさらすことに、これ以上我慢できない。

「姫から事情を聞いて、…忠影と申したか、あの男の態度が気に入ってな。直接会ってみると、なるほど良い面構えをしておる。それで、彼の者の主にも興味が湧いた。しかし、まさかこれほど若く美しい少年だったとは思わなんだが」

秋康はそう言ってからりと笑う。

忠影の名を聞いたとたん、夏月はびくりと身動いだ。これまで堪えてきた思いが溢れそうになる。

義兄は無事か、生きているのか、五体は損なっていないか。油断すれば口から飛び出しそうになる問いを意思の力でねじ伏せて、夏月は訊ねた。

「忠影たちが夜見の者だと、なぜ分かりましたか」

忍びが、正体を簡単に明かすわけがない。敵に捕らわれれば、己の素性も仕事の内容も口をつぐんだまま死ぬのが運命である。

「手と足を斬られたふたりを責めた。忠影に訊ねても無駄なことは一目瞭然だったからな」

したたかに微笑む秋康に、夏月は器の大きさを見た。

「それで忠影は…?」

身を案じていることを相手に知られれば弱味をにぎられることになる。そんなことは百も承知していながら、訊かずにはいられなかった。この御方ならば…と、秋康の度量の広さを察したからこそ、弱味をさらす気になったのかもしれない。

「心配か?」

秋康は面白そうに片眉をはね上げ、夏月をじっと見つめた。

「もちろんでございます。――五郎と冴蔵は夜見の名を穢《けが》しましたが、忠影はそれを止めようとした勇気ある男です。どうか…、何卒《なにとぞ》……!」

命があるなら返して欲しいとまでは言えず、夏月は額を地に擦りつけた。

「無事だ」

「…ッ!」

夏月が勢いよく顔を上げると、秋康はふっと笑みを浮かべて視線を池の水面に向けた。

「伊賀《いが》甲賀《こうが》、透破《すっぱ》、軒猿《のきざる》、飯綱使《いづなつか》い…。多くの藩主が忍びの者を使うておる。儂《わし》も常日頃、優秀な忍び衆を手に入れたいと考えておるのだが、なかなか信のおける者を見つけるのは難しい」

手の中で弄んでいた麩を小さくちぎって池の錦鯉に与えてやりながら、秋康は独り言のようにつぶやく。その真意を読みまちがえないよう、夏月は慎重に様子をうかがった。

やがて、全身の神経を研ぎ澄まして脇に控える夏月をゆっくりと振り返り、館林十六万石藩主秋康は軽やかに告げた。

「夏月と申したな。そなた、儂の忍びにならぬか」

・雷《かみなり》乃《すなわ》ち声《こえ》を発《はっ》す・

明けて延宝五年、如月《きさらぎ》。

先年の館林藩主との一件は、痴《し》れ者《もの》の五郎と冴蔵が命を落としたこと、それに二狼が完全に夏月の支配下に入ったことで、義兄の氷雨と充永には委細が漏れずにすんだ。

ただし氷雨は、自分の息がかかった五郎と冴蔵が命を落とし、忠影と二狼だけが生きて戻ったことで何か感づいてはいるようだ。

その後。館林に駆けつけての助命と、藩主秋康の御意にかなったことで、五体を損ねることなく夜見の郷に戻ることのできた忠影を、夏月は本家屋敷の番士として抜擢《ばってき》した。

本来、屋敷内の警護は、三十六家の中忍以上が任されることになっている。そこへ姓も持たない下忍の忠影を入れたことで、夏月は春成にずいぶん小言を言われた。夏月が望んで番士に抜擢したにもかかわらず、忠影に任されたのは厩番だった。屋敷内の番士の細かな番組や配置などは、本来夏月がわざわざ口を出すようなことではない。ただでさえ身分の違う異分子が入り込んだことで、自分たちの誇りを傷つけられたと気を尖らせているところへ、次期惣領候補である夏月が特別な寵を与えれば、おもしろくないと感じる者が出てくるだろう。

「ずいぶんお気に入りのようですが、あの者だけ特別に目をかけていると周囲に知られれば、却《かえ》って反感を買われるばかり。そうした不満は、夏月様にではなくあの者へと向かうのですよ」

春成にそう釘を刺されてしまうと、それ以上なにも言えなくなる。ただの下忍として、忠影がこれ以上理不尽な任務に就かなくて良くなったことだけが救いだと、そう自分に言い聞かせて寂しさに耐えるしかなかった。

夏月の煩悶を知ってか知らずか、忠影の方は淡々と自分の職務を全うしていた。

そして館林の一件から二月が過ぎた、卯月《うづき》。

「岩根の倅だが、評判はどうだ？　何やら夏月様が目をかけておられるようだが…」

衣替えで華やぐ惣領屋敷の、西端にある控えの間を通りがかった夏月は、近侍の神保康之助《こうのすけ》とその郎党、川野辺の助蔵《すけぞう》の会話を漏れ聞いて立ち止まった。川野辺は忠影の主家であり、神保はその川野辺の主家となる。神保康之助は近侍衆の中では最年長の四十三歳。身体能力は若い者に敵わなくなってきたが、そのぶん思慮分別があり、物事から一歩退いて冷静に判断することができる。

「忠影のことでございますか」

「うむ。ここ数年、下忍の中でめきめきと頭角を現しておる男らしいが」

「そのようですな。夏月様にも気に入られて、特別に屋敷まわりの番士に取り立てられたそうで…。その忠影がどうしました」

「神保の分家のそのまた分家筋になるが、年頃の娘がおって、どこぞで忠影を見初めおったらしい」

「ほう、それはまた異なこと」

「どうしても夫婦になりたいと言い出して、娘可愛さに親もわがままを聞き入れ、婚約させてしもうたと言う。わしはそれを昨日聞かされて、驚くやら呆れるやら」

「腕は立っても所詮は卑しい下忍風情に、神保様の血筋を与えてよいものでしょうか」

「問題はそこよ。並の男なら分家の娘がどんなにのぼせ上がろうと許しはせん。だが…、あの腕は確かに惜しい」

「では一旦、我が川野辺家の養子に入れて、それから婚姻の義を整えるというのは…」

「うむ。そうしてくれるか」

話がまとまりかけたところで、夏月は我慢がならずカラリと障子を開けて言い放った。

「勝手な婚姻は許さぬ」

突然姿を現した夏月の姿に驚きながら、神保と川野辺はすぐに畏《かしこ》まって一礼した。

「これは夏月様」

「若君。ご機嫌麗しゅう」

「たった今麗しゅうなくなった。今の話はまことか?」

道理の通らぬことで怒ったことなどない夏月の、常にない気の立った様子に神保と川野辺はちらりと視線を交え、首をそろえて神妙に「はい」とうなずいてみせた。

——兄者が妻を娶る。

その意味を理解した瞬間、夏月は腹の底にかつてない怒りが生まれた。——いや、純粋な怒りとはちがう。もっと何か別の…胸を掻きむしるような痛みと焦燥、それに見捨てられたような心細さと、約束を反故にされたような腹立たしさが混じり合っている。

妻を娶れば、いずれ子を成す。自分以外の誰かが、義兄の一番大切な場所に入り込んでしまう。

そんなことには、到底耐えられない。

夏月はにぎりしめた両の拳で、今にも吹き出しそうな得体の知れない感情を押さえつけながら、ことさら静かな声で宣言した。

「忠影は、一時とはいえ私が義兄と慕うた者だ。あの者の婚姻相手は私が決める」

「それは…、しかし若君。佐伯殿の許しは得られたのですか」

若君、若君と言い立て、何かと惣領の息子としての自覚を求めながら、いざとなると近侍頭の意向を伺う。その態度が夏月のささくれた気持ちを刺激した。

「神保。そなたの主は誰だ。私か、春成か？」

ぴしゃりと言い返すと、神保は冷たいものに背中を撫でられたように首をすくめ、深々と平伏した。

「夏月様でございます」

「うん。分かっているならいい」

夏月は声の調子を戻してうなずいた。それから、なんでもないことのように、

「忠影の話だが、川野辺ではなく、いっそ神保の養子にするがいい。さすれば神保忠影として私の近侍に取り立てる」

「えっ…、それは」

これにはさすがの神保も驚いた。

「忠影の腕が惜しいと言うただろう。神保の血筋をくれてやってもいいと」

「確かに。しかし、それとこれとは」

珍しくあわてて戸惑う神保に瞳をひたと合わせ、夏月は強い想いを込めて言い重ねた。

「私は、あの男を側に置きたいのだ」


一月後。皐月《さつき》。

夏月の強い望みで、忠影は末席とはいえ夜見の五家である神保家の養子となった。ただし、神保家の家督相続や利権には一切関わらない名目上の養子である。それでも神保の籍に入ったことで、夏月の近侍として出仕することが可能になった。

養子縁組話のきっかけとなった分家の娘との縁組みは、こちらも夏月の指示通り、きれいさっぱり白紙に戻されている。忠影はそのことには少しも不満を見せず、黙々と夏月に仕えていた。元々、こちらの意志などお構いなしに進められていた話だったため、婚約破棄が夏月の意向であると知って、却って胸を撫で下ろしたほどだった。

夏月の側近くに侍り、その身を守る役目に就けたことは何よりも嬉しい。しかしその喜びを表に出すことは極力控えている。昔なじみを理由に、なれなれしい態度を取ることも。

淡々と、時には素っ気ないほど。末席の新参として控え過ぎるほど控えめにしていても、同僚となった佐伯春成や服部たちの視線は痛い。特に黒川勝成《かつなり》は同い年ということもあり、忠影に対する当たりがきつかった。多喜と神保はどちらかというと中立の立場を保っていたが、積極的に敵意を示さないという程度にすぎない。神保は忠影の養父となったが、自ら望んだわけではないため、よほどのことがない限り忠影を庇《かば》ったりしなかった。

近侍用の控えの間では家格に応じて座る場所が決まっていたが、忠影が下座のどこに腰を下ろそうとしても「そこはそなたの席ではない」と咎められ、結局廊下に追い出される。勤番を終えて控えの間に戻ると、皆自分の茶碗で白湯や茶を飲んでひと息つくのだが、こうした茶器も忠影のものは用意されておらず、また置き場所もなかった。

控えの間に自分の居場所がなかろうが、近侍たちの態度がいくら冷たかろうが、忠影はただじっと堪え忍ぶしかない。自分がいるせいで仲間たちの和が乱れ、その隙をついて夏月に危害が及ぶことが何よりも怖ろしかったからだ。

生まれの卑しさは変えようがない。仲間と認めてもらえなくても、夏月《あるじ》を守るという役目だけ受け入れてもらえれば、勤番の合間に語らう相手がいないことも、気を許せる友がいないことも、些末《さまつ》な悩みに過ぎない。

「どうだ忠影、近侍の仕事には慣れたか？」

鷹之助が療養している離れから居間に戻る途中で、ふと振り向いた夏月に声をかけられた。

「はい」

忠影は短く答えてまぶたを伏せた。隣に並んだ黒川が射るような鋭い視線をぶつけてくる。

それ以上何も言わずにいると、夏月はどこか寂しそうなやるせない表情を一瞬浮かべて、ふたたび口を開きかけ、結局何も言わずに前に向き直って歩きはじめた。その肩が落胆で少し下がっている。

夏月がどんな答えを望んでいたか、忠影には分かりすぎるほど分かっている。夏月の寂しさも、昔のように甘えたいという願いも、分かりすぎるほど分かっている。

しかし、無邪気なその願いに応えることはできないのだ。

――夏月…様、あなたの命を護るためなのです。どうか堪えてください。

所定の時間になり、佐伯と服部に勤番を引き継いで控えの間に戻った。

ふすまの手前で黒川が立ち止まり何か言いたげに忠影を睨みつけたが、叱りつける適当な理由が見当たらなかったのだろう、「ふんっ」と不満げに鼻を鳴らして敷居をまたぐと、忠影を廊下に残してぴしゃりとしめきった。

忠影は陽の当たらない小さな坪庭を見つめて溜息を吐《つ》いた。先刻、夏月の問いに気安く答えていたら、今頃黒川から山ほど叱責されていただろう。忠影はもう一度深く息を吐いて腰を下ろした。坪庭に面したこの廊下に夏月がやって来ることはまずない。当然、夏月は忠影がこうして閉め出されていることも知らない。――知らなくていい。

空を見上げると茜色に染まっている。今の季節ならば、こうして廊下に閉め出されてもさほど辛くはない。冬が来る前に、せめて控えの間に入れてもらえるようになりたいものだ。それまで、誠心誠意、懸命に勤め続けるしかない。

忠影は輝きを増しはじめた月に愛しい人の姿を重ねて、いつまでも見つめ続けた。


皐月は長雨の季節である。しかし今年は例年より雨が少なく、郷の北西にある堤の水量も心許ない。田に導く水の量をめぐって争いが起きぬよう、夏月は父の名代として郷内の視察に出ることにした。

随行は佐伯と黒川のはずだったが、朝から赤い顔をして咳を繰り返していた黒川の体調を慮《おもんぱか》って、忠影と交替させた。

「黒川は今日一日しっかり養生するように。代わりに忠影、供をせよ」

感情を交えず言ったつもりだったが、その瞬間、くすんだ血の色に染まった黒川の悔しそうな表情がなぜか気になった。顔の赤味は熱のせい、悔しそうな表情は随行を命じられた日に風邪などひいた己を恥じてだろう。そう思い込もうとしたものの、心のどこかがチリ…と毛羽立つ。

しかしそんな憂いも、久しぶりに忠影と長時間ともに過ごせる——佐伯春成がいるとしても——喜びのため、いつしか流れ去っていた。

視察といってもお忍びでなので、今日の夏月は白木綿の単衣に二藍の袴という簡素な出で立ちだ。

徒歩で上郷から中郷、下郷と順調に見てまわる途中で春成の目を盗み、夏月はそっと後ろからついてくる忠影に近づくと、着物のたもとで隠しながら指を伸ばした。爪の先で義兄の節高で固い手を探り当て、おずおずとにぎりしめる。振り払われるかもしれない…という怖れは、力強くにぎり返された義兄の長い指と固い手のひらの懐かしい感触で吹き飛んでゆく。

「…兄者」

嬉しくて幸せで思わず立ち止まり、振り返ろうとした瞬間、軽く押されるように手が離されてふたりの間に距離ができる。

「兄者…？」

すがる気持ちで名を呼んでも、忠影は伏し目がちに視線を逸らしたまま表情を変えない。

互いの立場を思えば、忠影が以前と同じ態度を自分に取るわけにはいかないことは理解できる。突き放されるような素っ気ない反応しかもらえなくても、嫌われているとは思わない。けれど、

――やっぱり、私が勝手に婚姻を破棄させたことを怒っているんだろうか…。

本人がどう思っているのか直接訊く機会もないまま、ずっとうしろめたく感じていた。

――謝れば許してくれるだろうか。どうしたら以前のような親密な時間を持てるだろう。昔のように兄弟としての…？　ちがう、私が欲しいのは弟に対する愛情ではなくて…――。

兄弟の情でなければなんなのか。主に対する忠誠だけでは満足できない。もっとちがう、もっと強くて確かなものが欲しい。

自分が忠影に求めている絆《きずな》がなんであるのか、夏月はまだよくわかっていない。そして忠影が文句

ひとつ、弱音ひとつ吐かずに自分を護り続ける意味も理由も、夏月にはまだ理解できなかった。

事件は、最後に郷境近くを確認している時に起こった。

田の畦に立ち、土手下を流れる堰《せき》を覗き込んでいた三人の内、最初に気配に気づいたのは忠影だった。顔を上げて周囲の様子を探る。一間《いっけん》幅の堰向こうは乾いた道が左右に伸びている。時々、農夫が通るだけの長閑《のどか》な場所だ。その道の向こうからひとりの若い娘が歩いてくる。

忠影が自然に一歩前へ出て、夏月を背後に匿《かくま》う。夏月の後ろには春成が控えて、娘の他に不審者がいないか周囲を警戒する。一連の動きは傍目《はため》には堰から顔を上げて、ごくわずかに立ち位置を変えたようにしか見えない。

娘は五間ほど離れた場所に架かる丸太橋を渡って、夏月一行に近づいてきた。

「誰だ？」

夏月が小声でつぶやくと、

「ああ、あれは。怪しい者ではございません。確か神保の分家筋、滝田《たきた》の娘です」

斜め後ろに立っている春成が、緊張を解いて答えた。夏月の視界を半分遮るよう、前に立った忠影は無言である。

五歩ほど手前で立ち止まった娘が、挨拶も会釈《えしゃく》もなく、開口一番に呼んだのは男の名だった。

「忠影殿！」

「……小菊様《こぎく》」

忠影の口が女子《おなご》の名を呼んだ瞬間、夏月は自分でもわからない衝動に駆られて、斜め前に立つ義兄の顔を見上げた。

「忠影殿は、なぜ…、なぜ小菊を捨てなすった」

小菊と呼ばれた娘は、忠影の他には目に入らぬ様子で両手をにぎりしめ、身も世もない風情で言い募りながら駆け寄ってきた。畦の幅は二尺ほど。大人ふたりが並んで立つには少し辛い広さである。

忠影は一歩前に出て、すがりつく小菊を抱きとめた。万が一にも背後の夏月に無礼があってはいけない、という配慮からであるが、それが夏月の眼には、愛しい相手を思わず抱きしめたように見えた。

「…忠影、何をしている」

思わず低い声で問い質すと、

「若君、これは」

忠影がたどたどしく答える前に、娘がずいと身を乗り出した。

「これは惣領の若君、夏月様。お初にお目もじいたします。わたくし、忠影殿の許婚《いいなずけ》でございました滝田の小菊と申します」

どこか冥い笑みを湛えて娘は深く一礼した……かと思うと、そのまましゃがみ込んでしまった。

どこかおかしいその様子と、許婚だというひと言が気になって、忠影を脇に押し退けて夏月が一歩踏みだしたとたん、しゃがみ込んでいた小菊の白魚のような手から、泥の塊が飛び出した。

「若君！」

砂利混じりの泥塊は、一瞬の間に夏月の腕をつかんで引き戻し、代わりに前へ出た忠影の胸元に当たって弾けた。鮒《ふな》が放たれている田の泥は、わずかに生臭い。

「あ…ッ」

忠影の胸にべっとりとこびりついた泥から漂うその臭いに、夏月は声をなくした。

「なぜ庇うのッ？　わたくしたちの婚儀を邪魔した憎い方なのに！　わたくしは忠影殿の妻になる日を指折り数えて待っていたのに」

「小菊様…」

泥まみれの両手で忠影の胸にすがりつき、詰り続ける娘の細い手首を押さえながら、忠影は低い声でなだめている。しかし小菊は言い募る内にますます激情が抑えがたくなったのか、終いには夏月をキッと睨みつけ、

「お館の若君だからと言うて、なんの道理があって恋し合うた許婚を引き裂く？　夏月様は邪か鬼か！」

叫びながら、泥のこびりついた両手でつかみかかろうと飛び出した。そのとたん、

「お止めなさいませ、小菊様」

それまで、元は自分よりはるかに身分の上だった小菊に対して詰られるままだった忠影が、夏月を背に庇いながら毅然と言い返す。

「私のことは、どう詰ってもよろしゅうございます。しかし若君を責めるのはお止めください」

きっぱりと言い切られた言葉の意味を察した瞬間、小菊の顔に浮かんだ絶望の色を夏月は複雑な気持ちで見守った。ひとの恋慕を邪魔した後ろめたさ。忠影が己の妻になったかもしれない娘よりも、自分を優先してくれることへの、誤魔化しようのない優越感。

忠影の背中は、初めて出会ったあの雪の日から少しも変わらない。それは夏月を守るための頼もしい証だ。その背中をじっと見つめていると、忠影が自分に黙って許婚を持ったことを知ったあの日から、ずっと胸に渦巻いていた言い知れぬ怒りと悲しみが、少しだけ溶けて消える気がした。

その後、通りがかった農夫を使いにやって、泣きじゃくる小菊の家から迎えを呼び寄せると、一行も帰路についた。

屋敷に戻ると夏月は春成に「小菊のことはお咎めなし」と、特に念を押して申しつけた。春成も、泥を被ったのが夏月ではなく忠影だったので、特に反論する様子は見せない。

忠影は、そのあとも淡々と職務をこなすばかりで、特に小菊の件に関して夏月に何か言いわけや弁明をしてくるようなことはなかった。そのことが逆に夏月を傷つけ、煩悶させる。

勝手に婚約を破棄させた自分を、忠影はどう思っているのか。責めないのは自分が主だからで、本当はあの娘と夫婦になりたかったとしたら…？

その可能性に思いを馳《は》せた瞬間、夏月は強く首を振った。——嫌だ。それだけは嫌だ。

たとえ小菊と義兄が互いに求め合っていたとしても、それを認めて祝福することなど絶対にできない。

夏月はこれまで、自分の望みは昔のように義兄の側で過ごしたいだけだと思っていた。けれど、忠影の婚姻話を聞いたときから何かが変わってしまった気がする。

義兄の瞳が自分以外の誰かを映すのは我慢できない。近侍として側にいてくれるだけでは足りない。もっと違う絆が欲しい。例えば、小菊が婚姻という儀式で忠影を手に入れようとしたように…。

せめて義兄が何か言ってくれたらいいのに。

——何を…？

「……好き…とか」

つぶやいた瞬間、胸の中で何かが弾けた。

それは甘さと切なさと小さな痛みを含んだ、未知の感情だった。抱えていると苦しいのに、忘れることも無視することもできない。

それが恋だということに、この時の夏月はまだ気づいていなかった。

・　鶺鴒《せきれい》鳴《な》く　・

「夏月！　夏月はおるかッ！」

主屋の南に面した大廊下で、義兄氷雨の甲高い声に呼ばれた夏月は足を止めた。

廊下の突き当たりに控えている番士たちが驚き顔で、主たちの様子を窺っている。

「何事ですか、義兄上」

つり上がった両眼に、癇性を窺わせる細い眉。両端がいつも不機嫌そうに下を向いている薄い唇が、今日はなぜか笑みを作っていた。

松と滝を描いた襖の前に立った氷雨は、作り物めいた笑顔のまま、夏月を手招いた。

「話がある。こちらへ」

南の大広間の奥に氷雨の自室がある。その手前にある八畳の控え間に、夏月が腰を下ろすと、氷雨は早々に話を切り出す。

「充永様がそなたの謁見を許された」

「それはまた…突然なことでございますね」

内心の迷惑顔が面に出ないよう気をつけながら、夏月は淡々と答えた。

「夜見の郷で一、二を争う腕を持つ、評判の若君をひと目見たいと仰せになってな。ゆくゆくこの郷を背負ってゆくつもりなら」

そこで氷雨は一旦言葉を切った。内心では、新参者の義弟が自分を押し退けて惣領の座に就くことなど、毛ほども許すつもりはない。だが、面と向かって諍《いさか》いを起こすのは愚かなことだ。邪魔者の排除は裏で画策すればよい。

氷雨は物心ついた頃から、自分が先代の胤ではないと秘かに疑われていることを知っていた。ならば図体ばかり大きくて頭の回転は鈍い愚かな弟を手なずけ、思うがままに操ってやろうと心に決め、完璧に手の内に取り込んだものの、頼みの弟も数年前から家中における評判が下がる一方だ。

以前は母の権勢と次期惣領と目されていた弟を隠れ蓑に、どんな望みも叶えられたのに、五歳年下の夏月が惣領家三男として現れてから、思うようにいかなくなった。

一族の半数は虎次——すなわち氷雨のやることに眉を顰め、何かというと夏月の元に走る。惣領である義父も、実子の夏月にばかり目をかけるようになった。それが気にくわない。

氷雨の望みは、死に損ないの義父からさっさと奥義を授かって、虎次を惣領の座に就けることだ。そうして主君充永の意に添う働きをして、俸禄や扶持《ふち》を加増してもらう。大金を持って江戸へ行き、他の大名と誼《よしみ》を通じ、影働きの口を広げる野望がある。ついでに吉原で遊女遊びをするのも一興。

氷雨の望みは、しみったれた地方の一郷士として大名に顎で使われるのではなく、自身が大名に出世することだ。その第一歩は一族の実権を握ることである。そこからつまずくわけにはいかない。

——夏月、おまえは邪魔なんだよ。

氷雨は内心の憎しみを抑え、猫撫で声で言い諭した。

「そなたも充永様にお顔を覚えてもらって、可愛がってもらうことが肝心だぞ」

「義兄上のようにですか？」

虎次と一緒に頻繁に高田城に赴き、充永の命を受けてくる氷雨に対する、それは称賛なのか当てこすりなのか。判断に迷い、

「……そうとも」

氷雨は鷹揚《おうよう》にうなずいてみせた。


夜見の郷から高田城まで、常人の足で二日。忍びの健脚ならば半日。ただし今回は急行する必要はないので、他の旅人に混じっての道行きである。

夏月の供廻りは忠影、春成、多喜、黒川といったいつもの近侍たちだが、今回は万が一に備え、普通の旅装の下にしっかりと忍具を携えている。

高田城は、幕府が開かれて間もない頃、東北諸大名の力を削ぐために普請《ふしん》を命じて作らせた広壮な平城である。石垣ではなく土塁の上に建つ珍しい造りであるが、代わりに巨大な水堀に囲まれている。

橋を渡り進むと御門が見えてくる。物々しい門番に誰何される前に、春成が先触れとして近づいて行った。彼が一行から離れたわずかな隙に忠影は遠慮がちに、しかしどうしても我慢がならないという様子で夏月に訴えた。

「僭越《せんえつ》ながら申し上げます」

「高田城へお登りになるのは、もう少し様子を見てからの方がよろしいかと」

「うん？」

「なぜ」

「氷雨様の動向が気になります。それに充永公は衆に知られた美童好き。若君をご覧になられて、不埒なふるまいに及ばぬとも限りませぬ」

「……」

珍しく、言葉を重ねて注意をうながす忠影の心配はありがたかったが、夏月にも充永公に会って許しを得たいことがあったのだ。

「充永公の好みは十二、三の稚児衆だから私では薹《とう》が立ち過ぎて食指は動くまい。心配はいらない」

「しかし」

「忠影の申し出は心に留め置く。しかし、私もちょうど拝謁を願い出ようとしていたところなのだ」

そう宣言してから、夏月はそっと身を寄せて、周囲には聞こえぬよう囁いた。

「これが済んだら兄者とも、もう少し自由に過ごせる日がくると思う。だから待っていて…」

「…若君」

憂いの消えない表情で忠影がさらに何か言い募ろうとする前に、春成が戻ってきてしまい、ふたりの間には再び距離ができる。

御門をくぐると、春成、多喜、黒川、そして忠影たちは本丸前の従者用の詰め所に足止めされ、登城を許された夏月だけが、独り御殿へと導かれていった。

内堀を越え、充永から遣わされた案内の者に御殿まで連れて行かれた夏月が、どうやら様子がおかしいことに気づいたのは、控えの間で派手やかで豪奢《ごうしゃ》な振り袖一揃えを見せられた時だった。

「こちらのお召し物にお着替えになるようにとの仰せにございます」

「…このお仕度では、何か落ち度がございましたでしょうか？」

登城して正式に謁見を許されることなど、代々の夜見家惣領にもなかったことなので、夏月は少し不安になって訊ねた。

充永の命を受けに、これまで度々城を訪れていた氷雨も御殿の中ではなく、書院脇の御駕籠台《おかごだい》に参じ、引見は室内と外で行われたはず。

今回もてっきり同じだと思っていたのに、中奥までに招き入れられたのだ。

「殿のお申しつけでございます。疑問など差し挟まれず、早うお着替えくださされませ」

衣装を持ち上げた従者は、夏月の質問には答えず急げと迫る。そこにおびえた様子を見つけて、夏月は小首を傾げつつ着替えのために立ち上がった。

用意された振り袖は、絹の緋色地に牡丹と孔雀があしらわれた派手やかなものだった。白い綾織の襦袢《じゅばん》も絹。肌をすべり落ちる涼やかでなめらかな感触に、夏月は居心地の悪さを覚えた。

緋色の振り袖に袴は濃紫。薔薇襲《そうびがさ》ねに装うと、夏月はしずしずと歩む従者に導かれて、奥の間にたどりついた。

「夜見の夏月様、ご到着にございます」

「許す」

夏月が廊下に膝と手を着き頭をたれると、従者が音もなく襖を開ける。とたんに室内から甘たるい香が漂い出て、夏月はわずかに眉をひそめた。身体にまといつくほどの濃厚な香合わせはあまり上品とは思えない。前室の広さは二十畳ほど。奥の間の上段で太刀持ち小姓を侍らせ、脇息《きょうそく》に寄りかかっている大柄な人物が、夜見の郷がこれまで仕えてきた越後の国高田城主松平充永である。

「よう参ったの。苦しゅうない、近う寄れ」

急いた様子で手招かれた夏月は、しきたり通り礼をすると畳一枚分だけ進んで腰を下ろし、再び深く顔を伏せた。

「もそっと近う、近う！」

「夜見の方、殿の思し召しです。無礼にはなりませぬゆえ、もそっと前へ」

脇に控えていた側近に囁かれて、夏月はいぶかしみながらも言われた通り敷居を越えて、主君が座す奥の間の上段ぎりぎりまで近寄った。

「面を上げい」

夏月はそっと顔を上げた。目線は主君を直視せぬよう伏せぎみにして、

「ご尊顔を拝し奉り恐悦至極に存じます」

「堅苦しい挨拶はいらぬ」

挨拶の口上が済むや済まぬの内に、充永は片膝立ちで身を乗り出し、夏月の顎に手をかけると無遠慮に顔を持ち上げた。

「ふむ。これは噂に違わぬ美貌じゃ。氷雨の奴が大げさに褒めそやすから、却って疑っておったが、ふむ…。気に入ったぞ」

吐く息がかかるほど顔を寄せられ、内緒話のように耳元でささやかれて、夏月は思わず突き飛ばしたくなる衝動を懸命に抑えた。

「なんのことでございましょう?」

「今日より、そなたを予の稚児小姓として召し上げる」

「…それは、かようなお申し出は身に余る光栄でございますが、稚児小姓としてお仕えするには、私では薹が立ち過ぎておりましょう」

「何を言う。そなたほどの美貌であれば、まだまだ充分予を楽しませてくれる」

冗談ではないと、湧き上がる怒りを必死に押さえながら、夏月はようやく出がけに氷雨が浮かべた思わせぶりな微笑の意味を察した。充永が突然夏月を呼び出し、小姓に取り立てるなどと言いだした裏には、氷雨の思惑があるに違いない。

——嵌《は》められた。

ひとつ息を吸い込むと、夏月は冷静に返答した。

「殿、お戯れが過ぎまする」

「戯れであるものか。さ、契りの杯を与えよう。永の忠誠を誓うのじゃ」

いつの間に手にしたのか、白く濁った酒がなみなみとそそがれた大ぶりな杯を差し出され、夏月は居住まいを正した。

「殿。私は今日、暇乞いに参ったのです」

「なんじゃと」

「恥ずかしながら我が夜見家では、次期惣領の座をめぐって、義兄と私とで家中を二分する争いが起きております。このままでは殿へのご奉公にも差し支えが出かねませんゆえ、私は郷を退こうと考えております。つきましては、私を慕うてくれている家中の者数名を引き連れて参りたいと思い、今日はそのお許しを得るために参上致しました」

「暇乞いなど許さぬ。家中を二分しておるというなら、惣領の座など義兄にくれてやれ。そなたは予に仕えればよい」

厚ぼったい指に首筋と顎を押さえつけられ、無理に杯を唇に押し当てられて、夏月はついに耐えきれず、充永の身体を押し退けて身をもぎ離した。

「——お止め下さい…ッ」

「無礼者！　予の杯が受けられぬと申すか」

充永はすかさず仁王立ちになり、大音声を張り上げた。

「出合え！　この者を取り押さえよ」

声が終わらぬ内に、襖という襖を開けて番士たちが踏み込んでくる。

夏月は一番手に駆け寄った男の肩にひらりと飛び乗り、欄間《らんま》に飛び移ると、そのまま天井板を押し上げようとして果たせず、思わず舌打ちをする。よほど厚い板を使っているのか、それとも鉄板でもはめ込んであるのか、天井は夏月が肘《ひじ》で打ったくらいではびくともしなかった。

「…ッ」

「愚か者め。忍び者を招き入れるに、そのような油断をするものか。それ早く捕らえよ」

嘲笑う充永に命じられた番士たちに、袖や裾を摑まれ、夏月はしがみついていた欄間から引きずり下ろされた。数十本の腕が遠慮なく身体中にからみつき、畳に抑えつけられる。

抗う間もなく仰向けにされ、上半身だけ少し持ち上げられ、上を向くよう固定された顔に、先ほどの朱塗りの杯が近づいてきた。

「よしよし。大人しゅうなったな。さ、契りの杯じゃ。存分に飲み干すが良い」

満面の笑みを湛えた充永に鼻を摘《つま》まれ、後ろから押さえつけている番士に顎を強く摑まれて、無理やり開いた口にあふれるほどの酒をそそがれる。忍びとして修行を積んだ夏月にとって、常人より長く息を止めることは容易《たやす》い。とはいえ限界もある。

「ぐ…ッ、ごほ…――ッ」

ついに耐えきれず一口飲み下すと、次の息をする間もなく再び口中一杯に濁り酒がそそがれる。それを何度もくり返され、さすがの夏月も次第に朦朧《もうろう》としてきた。ただの酒ではない。その証拠に、喉の奥には甘苦い薬臭さがこびりつき、全身に奇妙な熱とむず痒さが湧き起こっている。

「そろそろ効いてきたかの」

かすむ視界の中で、充永が舌なめずりしながら顔を寄せてきた。

「殿、まだ危のうございます」

誰かが注意をうながしている。充永はそれを無視して、夏月の唇に吸いついた。

ねちょり…と音を立てて、生ぬるい巨大な蛞蝓《なめくじ》のようなものに口を塞がれ、夏月はとっさに噛みついた。それが充永の唇だったと気づいたのは、頬を叩かれて一瞬意識が戻った時だった。

「まだ足りぬか。もっと酒を……、待て。どうせならこちらに直接」

閉じたがるまぶたを無理やり開けるたびに、取り囲む人の気配が遠のき近づき、覆い被さる影がぐにゃりと歪んで全身にまといつく。

やがて、絡みついていた十数本の腕がやっと消えたかと思うと、夏月は自分が厚い褥《しとね》の上に投げ出されたことに気づいた。ひやりとした絹の感触が、火照った頬に心地よい。

ほっと息つく間もなく、甘たるい匂いがぷん…と漂い、痺れて感覚の鈍くなった両脚が持ち上げられた。

「…何…を」

するつもりなのかと、ぐらつく頭を上げて下肢を見ると、両脇に跪いた男たちが、それぞれ膝を持ち上げて大きく割り広げるところだった。

「や…」

袴は取り払われていたが、長着はそのまま。緋色のすそが割れて、白い襦袢と自分の腿が眼の中に飛び込んでくる。

男同士は元より、男女の交わりすら経験のない夏月にも、今自分の身に起きていることはただごとではないと理解できた。

身をよじって抗おうとして、両手が後ろ手に縛られていることに気づく。頭のかすみは少し晴れてきたが、全身に広がる気怠《けだる》い痺れは治まらず、熱した砂をつめられたように、身体が重い。

「…や、……め」

舌がもつれてうまく言葉が出ない。

「氷雨の話では、そなたまだ清童だそうじゃの。この美貌でこの歳まで手つかずのまま、よくぞ見事に咲き誇ったものじゃ。今宵《こよい》、予の手で見事散らしてくれるわ」

ねばつく情欲をしたたらせて、充永の指が露わにされた秘所をまさぐる。

「――…ぃやッ」

――兄者、助けて…!

ぬめりを伴った指に触れられたとたん、夏月は胸の中で悲鳴を上げた。

――嫌だッ、気持ち悪い…!

理も智もない主君のふるまいに、夏月は絶望した。城に登ることを出がけに止めた忠影の、憂いを帯びた瞳を思い出す。嫌な予感がすると言った。独りで行かせるのは心配だと。

忠影の勘が当たっていたのだ。

「…あ…ッ――」

「ふふ。満開の花のような顔と違うて、ここはまだ固い蕾じゃ。時間をかけてゆるゆるとほぐしてやろう。おまえたちもそっと…」

内股が引《ひ》き攣《つ》れるほど大きく割り広げられていた脚を、さらにぐいと強く押し上げられ、耐えきれず夏月がか細い悲鳴を上げた瞬間、フッ…と灯りが消えた。

「何をしておる、早う火を」

点けろと騒ぎ立てた充永の声が、かき消えたように途切れる。暗闇の中、なんの気配も感じさせず、ただ風だけが吹き抜ける。

「曲者だ、出合…」

異変に気づいた従者たちが声を張り上げる前に、それもかき消えた。同時に夏月の左側で脚をつかみ上げていた腕がゆるんで離れる。続いて右脚も自由になる。夏月は急いで脚を閉じ、襲撃者の次の行動に備えた。

――若君、ご無事ですか。

耳元で囁かれた声を聞き分けて、夏月は安堵の吐息を洩らした。

「兄者…」

城からの脱出は比較的容易だった。

忠影の他に夏月の救出に現れたのは、佐伯春成以下四名の近侍たち。いずれも一騎当千と言われる強者であり、夜見の郷でも選り抜きの実力を持つ忍び者である。追っ手を倦《ま》くために嶮《けわ》しい山道に分け入り、いくつかある間道を選んで郷を目指す。しかし郷にほど近い渓谷で思わぬ問題が起きた。

どうやって知ったのか、氷雨一派の手の者たちが待ち伏せていたのだ。

「なぜ待ち伏せを…、我らがこの道を使うことを事前に察知できたはずはない…っ」

春成が目元を歪めて目の前の氷雨一派を睨みつける。夏月も成り行きに違和感を抱いた。しかし今はその原因を詳しく探る余裕はない。背後から迫る充永の追っ手と、氷雨配下の忍びに挟まれながら、皆一斉に応戦を開始した。

充永に盛られた薬のせいで目眩に襲われながら、夏月も自ら剣を取って戦う。振り下ろされた剣を受け流し、背後の敵には振り向きざま袂に入れた石を振りまわし、勢いつけて叩きつけた瞬間、足下がふらつく。

「夏月様…！」

数歩離れた場所で敵と対峙していた春成が、気づいて駆け寄ってくる。彼の腕が触れる寸前、夏月の身体はふわりと黒い影に包まれた。

「――ぁ…」

「若君は私がお守りいたします」

傍らを寸時も離れることなくぴたりと寄り添っていた忠影が、いつもは唯々諾々と従う春成に反して言い放つ。ふらつく夏月の腰を支える腕を見咎めて、春成が何か言い返そうとするが、この時ばかりは忠影も譲らない。

右側は大小の岩が突き出た崖、左手はゆるい勾配に灌木の生い茂った谷である。

天空では駆ける速さで雲が流れ、月が隠れまた現れる。雲の厚さと風の強さから、遠からず嵐になるだろう。充永の追っ手を屠《ほふ》ったところで、大粒の雨が落ち始めた。暗闇と足下の危うい崖道。

「そなたたち、義兄上に命じられてのことならば剣を引け。私は義兄上たちの権利を取り上げるつもりはない」

同士討ちの愚かさを避けるために夏月が叫ぶと、敵がわずかに身動いだ。

その隙を突いて脇を突破しようと、春成が踏み出すと同時に再び剣が閃く。

「…愚かなッ」

聞く耳を持たぬ殺人集団となり果てた同胞たちに、夏月はうめいた。

義兄はそれほど自分が憎いのか。

どうにもならない絶望を胸に、横殴りに襲いかかる刃を避けて身をひねる。激しい動きに視界がぶれて、天地の別がつかなくなる。よろめいた足を必死に踏ん張ったつもりが、気がついた時には身体が宙に浮いていた。

「あ…」と思う間もなく、灌木が生い茂る崖に背中から落ちてゆく。

夏月の眼に最後に映ったのは、雲に隠れる月の欠片《かけら》に照らされた忠影の顔と、必死に伸ばされた手のひらだった。

敵の刃を避けた夏月の身体が谷底へ消えた瞬間、忠影は一瞬もためらうことなくあとを追った。

岩を避け、灌木と蔓草で勢いを殺しながら、雨水でぬかるむ泥にまみれて崖を転げ落ちた先は、古い河床に生い茂る葦原だった。

忠影は最後の岩の出っ張りから一丈（約三メートル）ほど下に過《あやま》たず着地すると同時に、気配を消して数間移動すると、夏月の姿を探して周囲に視線を飛ばした。

足下の葦原は水を含んでやわらかく、万が一夏月が気絶して落ちたとしても、致命的な怪我を負う可能性は少ない。横殴りの風に葦原がうねる。真黒い天空が稲妻で割れたかと思うと世界が蒼白く浮かび上がる。バリバリと轟音《ごうおん》が轟《とどろ》き、大粒の雨が不規則に降りそそぎながら、泥にまみれた忠影の身体をみるみる洗い流していった。

「若君？」

危険を承知で名を呼んでみる。もしも夏月が襲われていたら、敵方の注意を自分に向けるためである。忠影はあえて気配と殺気を発して動き始めた。

崖寄りに西へ数間進まぬ内に再び稲妻。その瞬間、風にしなう葦の合間でぎらりと何かが光った。

「――…!」

雷光の残像が消えゆく刹那、忠影は、泥地に倒れ込みながら右手に小太刀を構えて応戦する夏月と、上段に振りかざした太刀を、今まさに振り下ろさんとする敵を見た。

見たと理解するより早く身体が動く。

手っ甲から取り出し立て続けに打ち込んだ三本の棒手裏《ぼうしゅり》は、ほとんど同時に敵の右手首、右脇腹、右のこめかみに突き刺さり、相手の戦意をくじいた。

体勢を崩した襲撃者は身をひるがえして逃げ出そうとする。その背中に肉薄しながら、忠影は男が落とした太刀を拾い、身を伏せ、地面近くで横一文字に一閃させた。

「ぎゃ…ッ」

無様な悲鳴を上げて男が湿地にのめり込む。その身体に、男の足首の腱と同時に切断された葦がバラバラと倒れ重なった。

忍び働きの本領は、情報を携え生きて帰ること。無用な殺生は可能な限り自粛する。襲撃者の狙いが自分であったなら、忠影は逃げる男を追いかけて、その足を絶つことまではしなかった。しかし今夜、命を狙われたのは己の命よりも大切な夏月なのだ。

敵に情けをかけた結果、夏月の身にもしものことがあれば、悔やんでも悔やみきれない。

済まぬと心中で詫びてから、忠影は足下でうめく男の、残る片足首の腱を断ち切った。そうして絶望と苦悶の声を漏らす身体から武器を取りのぞき、縄をまわした首の後ろで両手を縛り上げた。

運が良ければ仲間に助けてもらえるだろう。

わずかの間にそれだけのことをしてしまうと、男が芋虫のように地面でうねるのを視界の隅に収めながら、忠影は夏月に駆け寄った。

「──若君、ご無事ですか！」

「大事、な…い」

時おり閃く稲妻の他は、鼻先をかすめ合っても気づかぬほどの闇夜だ。

忠影は胸元に抱き込んだ夏月の顔、首筋、両手、胸、背中を素早く改めた。次いで腰から両脚へ手をすべらせた瞬間、腕の中の夏月が小さく身動ぎ息を飲んだことに気づく。

「怪我を？」

「かすり傷だ。崖を落ちる最中に…」

「他には」

「ない」

自己申請はあまり信用せず、痛みを訴えた右のふくら脛《はぎ》を避け、残りの部分を爪先まで確認してから、忠影はほっと息を吐いた。

──良かった、他に大きな怪我はない。

ほんの一瞬目を閉じ、華奢な身体を抱きしめると、腕の中の夏月は明らかに身を強張らせながら、戸惑うように忠影を呼んだ。

「…兄者」

忠影はハッとしてすぐに身を離し、

「無礼をいたしました。お許しください」

「……」

「とにかくこの場を離れましょう。どこか安全な場所で、傷の手当てを」

言いながら背中を向けて負ぶさるよううながすと、闇の中で夏月の気配が微妙に揺らめいた。

「…大した傷ではない。ひとりで歩ける」

「そうですか。しかし安全が確認できるまでは、ご不快かもしれませんが私の背に…」

「兄者の背が不快なのではない」

「若君？」

「その呼び方が気に食わぬ。ふたりきりになっても他人行儀な態度を崩さぬ、兄者が気に食わぬ」

頑是《がんぜ》ない子どものような叫びが、轟く雷鳴にかき消される。立て続けに閃く稲妻に浮かび上がった夏月の顔は、親を見失った子のように心細さがにじんでいた。

忠影は振り向くと、暗闇の中の夏月に向かって頭をたれた。

「昔はどうであれ、若君と今の私とでは身分が違い過ぎます。たとえ他人の耳目がなくとも、けじめ

はつけねばなりません」

「……それは、兄者の本心か？」

「我が命に代えて、御身お守りいたします。それで――」

察してくれ…と言いかけた言の葉を、刃を嚙む思いで飲み下す。

自分から主従の一線を超えてはならない。

あたりは墨を流したような闇である。嵐は収まる気配もなく天と地に吹き荒れ、足下の葦原を川へと変えてゆく。崖上で佐伯たちが追っ手をすべて倒していればいいのだが、そうでなければ落ちたふたりを捜して、いつ敵方が現れるかわからない。

「若君、時が移ります」

「自分で歩ける」

意地を張って言い募る主の前に跪き、忠影は万感の思いを込めてその名を呼んだ。

「お願いですから、私に貴方を助けさせてください。――夏月、様」

面と向かって名を呼ぶのは、隠れ郷で別れて以来三年ぶり。忠影が自らに課した禁を破ることで、夏月はようやく心を解《ほど》いた。

「…分かった」

豪雨の叩きつける葦原をしばらく遡《さかのぼ》り、傾斜のゆるい崖を見つけて登ると、忠影は郷への道には戻らず、木々の生い茂る山へと分け入った。このあたりには何度かきたことがある。確か樵《きこり》たちが建てた炭小屋があったはずだ。記憶を頼りに歩き続けると、しっかりした造りの小屋が現れる。

獣避けの簡単な棒鍵を開けて中に入ると、忠影は戸口に夏月をそっと下ろし、素早く屋内を探った。

ひとや動物の気配はない。中は六畳ほどの土間で、壁際には作り置きの炭、薪、筵《むしろ》が積み上げられている。長年の鍛錬の結果手に入れた夜目と手探りで、それだけのことを確認すると、忠影は滝のように水がしたたり落ちている自分の着物を思いきりよく脱ぎ捨てた。せっかく乾いている土間を濡らさぬためだ。それから髪をしごいて水気を軽く取り、下帯一枚になると、土間の真ん中に切られた囲炉裏に薪を足して火を点ける。

ぽう…っと小さな明かりが点ったとたん、小屋の中があたたかな暖色に染まる。

火がしっかり燃え上がるのを確認してから、忠影は壁際に積まれていた筵をありったけ重ね敷いて、戸口に戻った。

「夏月様、火の近くへ」

そう言って肩を抱き寄せたとたん、夏月は頬を真っ赤に染めて顔を背けた。

「どうしました？」

「…な、なんでもない」

長い間冷たい雨にあたって熱でも出たのかと、心配した忠影がひたいに手を伸ばすと、

「熱なんかない」

「しかし、顔が紅く」

「なんでもないと言ってる」

少し怒った声で頭《かぶり》を振り、忠影から身を遠ざけた。

夏月は自分に触れられるのを嫌がっている。

そう気づいたとたん、忠影は気安く触れようとしていた両腕を引き戻し、

「申しわけございません」

言いながら視線を落とすと、夏月の足下に水溜まりができている。城主充永に着せられた豪奢な振り袖は、たっぷり雨水を含んで夏月の身体に重くまといついている。

身体に触れぬよう注意して袂を軽くしぼると、音を立てて水がしたたり落ちた。

「濡れた着物を脱いで、火の近くへ」

「分かった…」


夏月は忠影の視線を避けるよう身を背け、濡れて渋くなった袴紐を解き、帯に手をかけた。怪我をした右足を庇いながらのせいか、城で受けた無体が今頃響いてきたのか、長着を脱ぎ落とし、襦袢に手をかけたところでよろめいてしまう。

「あ…」

思わず戸口の桟にすがりつこうとして、あたたかく力強い腕に抱きとめられ、背後からまわされた腕に、手早く襦袢を剝ぎ取られると、肌着一枚の無防備な姿で忠影の腕の中に捕らわれた。

肌着一枚越しに、逞しい男の腕を感じたとたん、全身に酒を飲み過ぎた時のような酩酊感《めいていかん》が広がる。それからもっとずっと抱きしめていて欲しいような、突き飛ばして逃げ出したくなるような、居たたまれない感覚も。

思わぬ成りゆきとはいえ、ふたりきりになれたことが嬉しい。そして少し怖い。

「触れる無礼をお許しください」

「――…兄者」

「身体が冷えてしまいますから」

そのまま抗う隙を与えられず抱き上げられ、囲炉裏端の重ね敷かれた筵の上にそっと下ろされる。

夏月がしっかり腰を下ろしたことを確認すると、忠影はすぐに立ち上がり離れて行った。

――あ…。

命の危険が去ったとたん、最小限の接触で済ませようとする態度が切なかった。

義兄は決して主従の枠を越えようとはしない。それがもどかしい。

ちらりと視線を上げると、忠影は夏月の着物をしぼって水気を切り、壁の間に張った紐に干してから、自分の着物も固くしぼって、こちらは干さずにそのまま羽織った。

筋肉の張りつめた、しなやかな背中が布に隠れてしまうと、夏月はほっとすると同時に物足りなさを感じて、無意識に忠影の姿を追いかける。

その視線に気づいているのかいないのか、忠影はわざとのように夏月の方へは顔を向けず、隅に置かれた石櫃《いしびつ》の中を改め、中から取りだした玄米と塩で手早く粥を作り始めた。

乾いた藁と炭の匂いに、煮立ち始めた粥の、ほっとするような湯気の香りが入り混じる。

雨足は弱まる気配を見せず叩きつけるような激しさを増し、風が轟々と吹き荒れ、思い出したように雷鳴が轟く。

小屋の中には火の温もりと薪が爆《は》ぜる音。そしてふたりの息づかいだけが、秘やかに重なってゆく。

夏月は震える指先を胸元でにぎりしめながら囲炉裏の火を見つめ、ちらりと義兄の横顔に目をやり、すぐにまぶたを伏せて視線を逸らした。

先刻、火が点ったとたんいきなり下帯一枚の姿が目に入って、心の臓が飛び出るかと思うほど驚いた。義兄の裸体など、子どもの頃から見飽きるほど見ていたのに…。

にぎりしめた拳の下で、胸が痛いほど高鳴っている。息が苦しい。涙が出そうになる。

──助けて、兄者。

その時、胸の中の泣き言が通じたように、忠影がふ…っと視線をめぐらせた。

「夏月様」

ずっと黙り込んでいた忠影の遠慮がちな声に、夏月は驚いて顔を上げた。

「な、何?」

「やはり熱があるのではないですか？　さっきから、お顔の赤味が少しも引かない」

「これは…」

思わず頬に手をやりながら、どう答えていいものかと口ごもる。

城で充永に奇妙な薬を使われてから、身体の芯にむず痒い熱がこもっている。追っ手を振り切る間は、強い雨に打たれていたせいで意識せずに済んだが、こうして火にあたる内に、脚の付け根のあたりでもぞりもぞりと嫌な違和感が甦り始めていた。

濡れて張りついた肌襦袢のすそに手をやりながら、両脚を擦りつけるように姿勢を変えたとたん、菊座にねじ込まれた充永の指の感触を思い出して、夏月は強く両目を閉じた。

「……くッ」

「どうなさいました。ああ、脚を怪我しておられましたな。そこから熱が出たのでしょう。さ、お見せください。手当ていたしましょう」

「…自分でできる」

とっさにそう言い返し、わずかに身を引く。充永に受けた仕打ちを思い出してしまうと、義兄に触られるのが無性に恥ずかしい。

「意地を張らずに」

「嫌だ」

夏月が首を振ってはっきりそう拒絶すると、忠影はそれ以上無理強いはしてこない。代わりに肩を落として立ち上がった。

「どこへ…？」

不安になって声をかけると、

「貴方を残してどこへも行ったりしません」

そう言って、紐に干しておいた上着の隠しから取り出したのは油紙に包まれた膏薬と半紙。茶黒い膏薬《こうやく》は毒消し痛み止め炎症止め等、いくつもの効能がある隠れ郷の秘薬だ。

「あり…がとう」

今度は夏月も素直に礼を言い受け取った。

忠影が布で漉《こ》してくれた雨水で傷を洗い、半紙に塗りつけた膏薬を患部に当てて、襦袢の袖を破いて巻きつける。

「腹が減ってはおりませぬか?」

手当てが終わると、待っていたように粥を盛った椀が差し出された。鍋と一緒に石櫃の中に入っていたものだ。

「ん」

受け取った粥をすすろうとして、夏月は手の甲で唇を拭った。それから一口粥を食べて、また口を拭う。一度気になると次々と感触が甦り、余計気になる。何度もくり返していると、忠影が不審そうな視線を向けてきた。

「口の中を、怪我されたのですか?」

「ちがう。お城で、充永様に口を吸われて」

固めた拳でごしごしと唇を拭きながら答えると、火の向こうで忠影が息を飲んだ。

「思い出すと、ぬめぬめして気持ち悪くて」

夏月が忌々《いまいま》しそうに吐き捨てたとたん、それまで近づこうとしなかった忠影がずいっと遠慮なく身を寄せてきた。

「他には何をされました」

「何を、って…。口に入り込んできた舌を、噛んでやったら首を絞《し》められ……、あ」

さっきまでの遠慮を微塵も感じさせない強い両手に肩を抱き寄せられて、驚いた拍子に椀が転がり落ちる。

「ご無礼仕ります」

忠影は返事を待たず、夏月の薄い肌襦袢の襟にゆっくり手をかけた。

「兄者。な、…にを」

しめって張りつく襦袢と肌の間に、男の固い手のひらが滑り込む。

「…ッ」

胸元をはだけられ、肩から襦袢が滑り落ちる。寒さと緊張で凝《こご》った胸の突起を、忠影の手のひらがかすめてゆく。日々鍛錬を重ねている固い皮膚を感じた瞬間、背筋に痺れが這い昇る。

「兄…者」

首筋に張りついた髪を梳《す》き上げながら、顎の下、喉元、項まで丁寧に確認してゆく指先の感触に耐えかねて、夏月は忠影の両手をにぎりしめた。

「かなり紅くなっている。胸にもいくつか痣《あざ》が…。痛みますか？」

忠影が痛ましそうに、そしてどこか苦しそうに確認してくる。

「今は、ない」

顔を見られるのが恥ずかしくて、義兄の胸元に頭を埋めたまま小さく首を振った。

一旦肩に置かれた両手が、再び背中にまわる。胸のあたりで止まっていた襦袢をさらにめくり下ろされて、夏月は思わず顔を上げた。

「申しわけありません。確認するだけですから、もう少しご辛抱ください」

謝りながら、それでも忠影の手はよどみなく動く。肩、背中、脇腹、胸、両腕にくまなく検分してから帯に手をかけられ、夏月はとっさにその腕を押さえた。

「！　…――。そこは、いいから」

忠影はわずかに迷いを見せたあと、

「夏月様」

「何？」

「充永様に、何をされたのです？」

先刻より強い調子で訊かれて、背けた肩が強張る。無意識に脚を折って引き寄せながら、ただ首を横に振った。

「何か、無体をされたのですね」

確信を持った声とともに、体温を感じるほど身体が迫る。義兄に触れられて、そこから生まれる熱は異様なほど高くなり、同時に痒みが増す。あっと思って振り向いた時には、忠影の手が襦袢のすそにかかっていた。

「……って、待って――」

すそをめくって膝に手をかけ、両脚を割り広げようとした動きをぴたりと止めて、忠影は見たこともない強い瞳で夏月を見すえた。

「何をされたか、正直に言ってくださるなら」

「し、下帯を取られて、変な練り薬を…」

玉茎《はせ》と菊座の両方に塗られた。菊座の方は指を使って中まで押し込まれ塗り広げられて、たまらなく気持ち悪かった。

「…痒みが取れなくて、それが辛くて」

蚊の鳴くような声で小さく弱音を吐いたとたん、義兄の身体から怒気がゆらめいた。

「兄者…?」

「――ぁ…の、痴れ者めッ」

忠影は、ここにはいない充永に向かって罵声《ばせい》を浴びせ、固めた拳を地面に打ちつけた。それから痛みに耐えるよう目を閉じて、夏月を思いきり抱きしめた。

「あ…」

逞しい両腕に息が止まるほど強く抱きしめられた瞬間、夏月の胸に生まれたのは、かつてない喜び。自分がずっと何を求めていたのか、夏月はようやく理解した。

「兄者、私は…」

こんな風に抱きしめて欲しかった。求めて欲しかった。誰にも渡したくない。自分以外の誰も好きになって欲しくない。獲物に食らいつく獰猛な獣のような激しさで、自分を抱きしめる男の背中に腕をまわし、必死にすがりつきながら、

「私は兄者が…」

自覚したばかりの積年の思いを告げようとした瞬間、忠影は夏月から身をもぎ離し、

「——身体を、清めましょう」

辛そうに目を伏せながら、従者の顔に戻ってつぶやいた。


「目を閉じてじっとしていれば、すぐに終わりますから」

忠影はきれいに洗った鍋で沸かした湯で、薬を塗られたという場所を何度も拭ってやった。最初は自分でできると抗っていた夏月も、有無を言わさぬ忠影の言葉に、渋々といった様子で力を抜いて身を預けてくる。その間、ずっと何か言いたそうに見つめてくる瞳はわざと無視した。ふたりきりの、こんな危うい状況で昔のように甘えられたら、拒み通す自信がない。

恥ずかしがる夏月の負担を少しでも減らすために着物は羽織らせたまま、膝立ちの背後から抱きしめるよう腕を前にまわす。すそから手を差し入れて手早く下帯を解き、玉茎とふぐりにこびりついたぬめりを拭き清める。

「…ん…ッ」

肩から胸元を押さえていた左手に、夏月の細い指がかかる。下肢から伝わる感触に耐えかねたのか、忠影の腕に爪を立て、顔を伏せたかと思うと、

「…やッ――」

小さな悲鳴を上げて歯を立てた。

「もう少しの辛抱です」

かなり強く噛まれたものの、痛みより甘い疼きを感じた。そんなことは色にも出さず、忠影は夏月をなだめながら片手で器用に湯を使い、しぼった布で一通りぬめりを拭い取ってしまうと、今度は慎重に、熱を持った窄《すほ》まりに指先を押しつけた。

「な…に？」

「中にも塗られたのでしょう」

「でも」

「すぐ、済みます」

「い……ぁ…ッ」

腕の中で汗ばんだ身体が鮎のようにしなる。

忠影は理性と忍耐を総動員して己の獣性を抑え込み、淡々と指を動かし続けた。菊座に差し込んでぬめりを絡ませかき出す。湯で指を雪《すす》ぐと再び差し込んでかき出す。それの繰り返しである。

「ぅ……う……――」

腕の中、耐えきれずといった様子で夏月の息が忙《せわ》しなくなり、小さな嗚咽が漏れる。

わざと視線を逸らし、指先に感じるぬめりだけに集中していた忠影は、思わずその顔を見てしまい、頭の芯で何かが焼き切れた気がした。

中指を差し込んだままぴたりと動きを止めて、左腕で強く夏月を抱きしめる。己の前がどうしようもなく固く熱を持ち、腕の中の愛しい存在と繋がりたがっていた。

このまま指を抜いて押し倒し、着物をめくり上げて脚を開けばすぐに繋がることができる。

忠影が本気になれば、腕の中の少年が自分の身に何が起きたのか理解する前に、男の欲望を打ち込み穿《うが》つことは可能だ。けれど――。

「兄……者……?」

羞恥で身を固くしながら、それでも自分を信用して、無防備に身を任せている夏月を裏切ることはできない。主従であるという制約以上に、人として、兄弟として育んだ親愛の情を、雄の劣情で汚してはならない。己の欲望だけで同意も得ずに相手の身体を汚せば充永と同じ、獣以下の輩《やから》になり果てる。一時の快楽のためだけに、なくしてはならないものがあるのだ。

「――…」

胸の中で荒れ狂う恋情を押し殺し、忠影が愛しい存在から身をもぎ離そうとした瞬間、

「…ずっと、充永様に身体をいじられている間中、ずっと兄者のことを想うていた」

「夏月…様」

思ってもいなかった言葉に激しく動揺した。

「口を吸われた時も、これが兄者ならいいと思って…」

そう言って見上げてきた濡れた瞳に捕らわれて、眼が離せなくなる。

「夏月…何を」

「――私は、兄者のことが」

突然言い出すのかと、急いで身を遠ざけようとしたとたん、夏月は着物の前をはだけたまま必死の形相ですがりついてきた。

「言うてはなりませぬ」

越えてはならぬと、辛抱に忍耐を重ねてきた一線を、夏月が踏み出そうとする気配に忠影は首を振って押し留めた。

「もう昔とは身分も立場も違うのです。一時の迷いで馬鹿なことを申してはなりませぬ」

「馬鹿なことではない。私は兄者のことが好きだ。ずっと好きだった」

まっすぐに惑いなく、忠影を見つめて言い切った、凛とした瞳の強さに目眩を起こしそうになる。

歓喜が忠影の全身を貫き、同時に深い絶望の淵に突き落とされた。

——ここで想いを確かめ合ってなんになる。

雨足は弱まって雷鳴は遠のき、夜明けは近い。刻を置かず佐伯春成を先頭に、近侍や番士たちが自分たちを見つけ出すだろう。屋敷に戻ればまた、言葉を交わすことも難しい惣領跡継ぎとただの従者に引き戻される。そして夏月には、八重親子との確執を取り除き、充永の横暴に抗して夜見の郷を守ってゆくという重い責務が待っている。

最初から成就しないと分かっている恋花《こいばな》ならば、白日の下にさらして醜い屍《しかばね》となるより、互いの胸の影で秘やかに咲かせればいい。

ここで忠影が、自分も愛していると、誰よりも強く深く愛していると告げてしまえば、夏月も同じ修羅の道に堕《お》としてしまう。想い合っても結ばれぬ辛さに較べたら、まだ片恋に泣く方がましだろう。

辛い想いは自分だけで充分だ。

「充永様に妙な薬を使われて、気持ちが昂《たかぶ》っておられるのでしょう」

乱れた着物を整えてやりながら、なるべく素っ気なく、眼を逸らして言い聞かせたとたん、小波立つような感情の揺れが頬に当たった。視線を戻すと、唇を噛みしめた夏月が色をなくした唇を震わせていた。

「——兄者は意地悪だ」

「…夏月様」

「そうやって様づけで呼ぶ。従者の態度を崩さない。私に黙って勝手に妻など娶ろうとする。呼べば助けにきてくれるくせに！　そんな眼で私を見るくせに…！　どうして好きだと言うてくれぬ…ッ」

大きな黒い瞳に盛り上がった涙が、瞬《まばた》きひとつでぽろりとこぼれた。

炎を弾いて煌めく雫が次々と鎖骨の窪みに落ち、そのまま胸元に流れて消える。涙を吸った襟元を、小鳩のように激しく上下させながら、夏月は言い募った。

「兄者はそんなに私を嫌うているのか？」

迷いのない純粋な恋心に貫かれ、刹那の間忠影は抗い、やがて激しい恋の攻め手の前に、諸手を上げて降伏した。

「――お慕い申し上げております」

禁忌《きんき》を破ると同時に、あふれ出た愛しさで夏月の身体を抱き寄せる。背中と腰に腕をまわし、このまま己の身体に溶け込んでしまえばいいと言わんばかりに、強く抱きしめた。

「兄者…」

「……夏月様」

誰にも触れさせたくはなかった。この身に代えて守ると誓ったのに、果たせず、指だけとはいえ充分の陵辱《りょうじょく》を許してしまった。

込み上げる無念の苦味を飲み下し、忠影はうつむいていた顔を上げ、

「唇を、吸うてもよろしいか」

見上げる夏月のこめかみをそっとなでながら、恐る恐る許しを請う。

以前、一度だけ唇接《くちづ》けようとした時には、何をされるかわからず無邪気に『熱などない』と小首を傾げてみせた幼い夏月が、今は頬を染めて静かにうなずき、まぶたを伏せる。

差し出された珊瑚色の唇に、忠影は万感の想いを込めて、己のそれをそっと重ねた。

鈴の音のように響き始めた駒鳥の囀《さえず》りの向こうから、主人を捜す近侍たちの声が近づいてくる。この小屋は、いくらも経たない内に見つけ出されてしまうだろう。

唇を静かに離すと、熱に潤んだ瞳で夏月が見上げてきた。

「…いや、兄者、離れないで」

「夏月…」

胸元にしがみつく細く白い指に手を重ね、忠影はふっと微笑んだ。

「この先どんなことがあろうとも、一生あなたの側にいて、命をかけて守り続けることを約束しましょう」

たとえこれが最後の触れ合いになろうとも、己の命尽きるまで、腕の中の愛しい存在を守り抜く。

新たな誓いを胸に秘め、忠影は腕の中でほころび始めた花を抱きしめるのだった。

暁闇。叩きつけるようだった雨脚と風が弱まってゆく。それからいくらも経たないうちに、静まりかえった小屋の周囲に人の気配が近づいたかと思うと、トトントトンと独特の拍子で戸が叩かれる。

「……春成たちだ」

強く抱きしめられた腕の中で高鳴る己の胸の音にとまどっていた夏月は、名残惜《なごり》しげに顔を上げた。仰ぎ見た忠影の顔にも自分と同じ落胆を見つけて、心がわずかに慰められる。それでも自分からは離れられずにいると、まるでそれを責めるように戸口を叩く音が強くなる。

「夏月…さま」

力づけるような忠影のささやき声に夏月は己の立場を思い出し、目を閉じてもう一度だけ義兄の背中を強く抱きしめてから両手の力を抜く。自分は夜見の惣領を継ぐ人間なのだから。

抱擁を解かれた忠影は表情を消して夏月から離れ、戸口に立つ。念のため外に向かって合言葉を求め、すぐに心張《しんば》り棒《ぼう》を外すと佐伯春成以下、迎えに現れた近侍たちが小屋に雪崩《なだ》れこんでくる。

「若君、ご無事でしたか！」

「心配いたしましたぞ。――――！　脚を怪我されたのですか!?」

春成や服部、多喜たちは当然のように忠影を小屋のすみに追いやって夏月を取り囲んだ。

「大事ない、手当ては済んでいる。そなたたちも怪我はないか？」

夏月は素早く近侍たちの様子を確認すると、忠影を手招いて肩を貸すよう命じて外へ出た。

「城の動きはどうなっている？」

夏月を捕らえそこなった充永が腹癒《はらい》せに夜見の郷を襲うのではないか。それを心配して訊ねると、忠影とは反対側に立った春成が夏月に手を貸しながら答える。

「最初の追っ手以外に兵を放った様子はありません」

「そうか。しかし殿の意向に背いた以上、このままお咎めなしというわけにはいくまいな」

「咎めなど…！　いくら主君といえど、わが一族の跡継ぎである夏月さまに無体を働こうとした痴れ者。こたびの仕打ちを郷の者たちが知れば大いに怒り、この先は唯々諾々と臣従などせぬでしょう」

ただでさえ充永の政治手腕はお粗末で、農民たちは年貢の取り立てが厳しくなる一方の治世に疲弊《ひへい》しきっている。そうやって困窮し果てた村が一揆でも企てようものなら、皆殺しにして構わぬから未然に阻止せよと、充永はつばを飛ばして吐き捨てる。

飢えた農民が起こす一揆は、乾いた枯れ野に落とされた火種のように、風向き如何《いかん》によってはどこまで燃え広がるか解らぬ危険性を秘めている。さらに自国で一揆を起こされると幕府の介入を許す口実となりやすく、下手をすれば、国主たちが何よりも怖れる改易《かいえき》に至ることもあるのだ。

そうしたきな臭さを肌で感じている老中たちが、いっそ養子を迎えて新しい藩主に仕立て、充永を隠居させてしまおうかと画策しているせいで、城中も何かと騒がしい。

しかし、暗愚であっても主は主。充永個人ではなく藩主である松平家に仕えているのだからと、夏月の父鷹之助は不満をもらす者たちをなだめてきたが、今回のことはさすがに限度を超えている。

「そういえば、黒川はどうした」

春成の言葉に直接答えることは避け、夏月は姿の見えない近侍について訊ねた。彼の性格からすると自分を迎えに現れないのはおかしい。怪我でもしたのかと重ねて問うと春成はわずかに目を細めた。

「あれは裏切りの咎で捕らえて牢に入れました」

「裏切り？」

夏月は驚いて立ち止まり春成の顔を見上げた。隣で忠影も同じように春成を凝視している。

「詳しいことは屋敷にもどってからにいたしましょう」

弱まったとはいえ風も雨もまだ残っている。地面はぬかるみ、周囲は暗闇。まずは身の安全の確保が第一だと促された夏月は、うなずいて再び歩き出した。


屋敷にもどった夏月は真っ先に、父が静養している奥の間に向かった。

一昨昨年《さきおととし》の夏、毒を盛られて以来、下半身が萎《な》えて体調を崩しやすくなった父は、夏月の訪れに合わせて床から身を起こした。

「おお…夏月、無事だったか」

すでに事のあらましの報告を受け、眠らずに待っていたのだろう。痩《や》せてやつれた面に安堵の表情を浮かべたものの、顔色はあまりよくない。

「父上、ご心配をおかけして申し訳ありませんでした」

夏月は神妙に詫びてから、充永に受けた仕打ちを語った。

「春成は、私に対する辱《はずかし》めは夜見一族に対する侮辱と同じだと憤っております。郷の者たちも同じように感じるだろうと。これまでも、充永さまが命じられる影働きは私利私欲に走ったものが多く、心ある者は『これではただの窃盗《せっとう》ではないか』と心を痛めております」

「うむ。しかし家中には、報酬さえ弾んでもらえば内容はなんでも構わないという者もおるだろう」

「はい」

かすれた父の声に、夏月は苦い表情でうなずいた。

郷に連綿と伝えられてきた口伝、秘伝、秘術の中には、使う者の心がけひとつで、ひとの命を救うものもあれば、逆に大量殺人を可能にするものもある。謀術、偸盗術と蔑まれ、ひとの世の冥い影に暗躍する忍びだからこそ、越えてはならぬ一線があるのに。何よりも大切な真理を忘れて、私利私欲に走る国主充永に阿《おもね》り、己の私腹を肥やそうとする者が確かに存在している。

それが夜見家の跡取り候補であるふたりの従兄と、その母八重だという事実が腹立たしい。

天下分け目の合戦が関ヶ原で行われてから、すでに八十年近くが過ぎようとしている。戦国の世は遠くなり、戦場《いくさば》の激減に比例して諸国大名の影で跳梁《ちょうりょう》していた忍びも数を減らし、その性質を変えていった。幕府による大名家へのしめつけと監視も厳しく、隙あらば理由を見つけて転封《てんぽう》、改易による弱体化を狙っている。そうした中で幕府や諸国の情勢を探り把握することは、国を治める者の必須条件でもあった。そうした世情の移り変わりとともに、忍びの仕事も、かつてのような城攻めや敵陣に潜入しての攪乱《かくらん》などではなく、情報収集が主になっている。

とはいえ他国に潜入しての任務に命の危険が伴うのは、今も昔も変わらない。

「我ら異能の者は、常ならざる力をもって主に仕えるが、主にその力を使いこなす器量がなければ、火遊びに興じる子どもに爆薬を渡すようなもの。――充永さまでは、やはり駄目か」

父は疲れた様子で嘆息し、独り言のようにつぶやいた。

「私は夜見の忍びたちを、ただの盗賊や殺人集団にしとうない…」

「父上。そのことで折り入ってご相談があります」

改まった夏月の申し出に、鷹之助も居住まいを正した。

「言うてみよ」

「先日、館林藩主榊原秋康さまと誼《よしみ》を通じる機会を得ました。巷《ちまた》の評判に違わず、人品骨柄《じんぴんこつがら》申し分ない人物であると確信いたします」

夏月はさらに、秋康から仕官の誘いを受けたことを告げた。

「以来ずっと考えていたことですが、今回のことでふんぎりがつきました。父上から受け継いだ夜見の心と教えを潰《つい》えさせぬためにも、私は高田を出て館林へ赴《おもむ》こうと思います」

夏月の提案に鷹之助は目を瞠《みは》った。その瞳には、まだまだ雛鳥だと思っていた我が子の成長に驚き喜ぶ親心と、一族を率いる惣領として跡継ぎを見定める鋭い光が宿っている。

今夜の件で、夏月は遠からず充永から何らかの咎めを受けるだろう。そうなったとき、夏月をかばって充永に歯向かう者と、あくまで充永に従おうとする者――氷雨、虎次兄弟と八重一派――で一族は割れる。そうなる前に、自分に従う者たちを連れて出奔すれば一族同士が争う事態は避けられる。

「分派という形にすれば義兄上や義母上も納得するのでは」

「それはない。そんなことをすれば、八重や氷雨はおまえを今以上にうらむだろう」

「ではどうすれば」

鷹之助は憂いで重くなったまぶたを閉じた。

「そなたが現れたことで、一族の主だった者は、氷雨と虎次が兄上の胤ではないことを受け入れつつある。中には確たる証拠がなければ認めぬ、氷雨はともかく虎次は兄の血を引いていると息巻く者もいるが、いずれは納得するだろう。――もしも兄の血を引いていたとしても、あのふたりはどちらも一族を率いてゆける器《うつわ》ではない」

鷹之助はまぶたを開けて、己をじっと見つめる息子に顔を向けた。

「夏月。そなたも十七になった。心延《こころば》えも申し分ない。いささか早いかもしれぬが、一子相伝《いっしそうでん》の奥義《おうぎ》を授けよう。惣領として私の跡を継ぎ、これからはそなたが一族を率いてゆくのだ」

「父上、それは……！」

「そなたが奥義を授かったと知れば、氷雨と虎次もあきらめがつくだろう。八重のことは心配するな。私がなんとかする」

何かを決意した父の、土気色に近いやつれた顔と病んだ身体を見つめた夏月は、尻ごみしかけた己の弱さを恥じた。

「――わかりました。慎んでお受けいたします」

深く頭を下げた両肩に、父の痩せた手のひらが置かれる。

そこから惣領としての責務の重みがずしりと乗り移るのを感じて、夏月は拳《こぶし》を強く握りしめた。


父の部屋を出ると、廊下に控えていた春成と多喜が一礼して脚を痛めた夏月に肩を貸す。

「鷹之助さまはなんと?」

奥の間から充分離れるのを待って春成が話しかけてきた。

「奥義を賜《たまわ》った。奥義は口伝《くでん》で、これこのようにと見せることはできぬが、夜見の誇りは、しかとさよう申し受けた」

石畳を踏んで離れにもどりながら夏月が声を低めて答えると、春成と多喜は満面に喜色を浮かべた。

「では、いよいよ夏月さまが惣領として跡をお継ぎになるのですね」

喜ぶ近侍ふたりに反して、眉根を寄せる夏月の憂いは深い。

父はもう長くないかもしれない。そのことに気づいてしまったからだ。

夏月は満開の梅の香に誘われて、ふと空を見上げた。嵐が去り、ようやく明け初めた青空に風が吹いてはらはらと花びらが舞い散っている。その様に、遠い日の雪景色を思い出す。

母を失い父と引き離され、悲しく心細かったあの日。

あたたかな背中に背負ってくれたやさしい人――。

「忠影は…」

どうしていると訊ねかけ、強張《こわば》った春成の表情に気づいて口をつぐむ。強張ったといってもあからさまに表情が変わることはない。身にまとう空気が凍りつくと言った方が近いかもしれない。

元が下忍だからという理由で忠影のことを疎《うと》んじる近侍たちの気持ちを、夏月はどうしても理解できない。いや、頭では理解できても心が納得しないのだ。

夏月はもれかけたため息を飲みこんだ。自分も夜見の家中にすぐさま認められたわけではない。それでもこうして奥義を授かり一族を率いる身になった。忠影のこともいずれ時が解決するだろう。彼ほどの才覚と技量があれば、さほど長くはかからずに。

嵐を避けて過ごした小屋での甘やかなひと時のおかげか、前向きな気持ちで自室のふすまを開けながら、夏月は気持ちを切り替えて春成に命じた。

「今日を最後に、夜見一族は越後松平家を見限る。家中と郷の者たちに荷物をまとめ、夜陰に乗じて国を出るよう伝えよ。目指すは館林だ」

「――…はっ」

「それから黒川の件の報告を。いったいどうなっているのだ？」

多喜を室外の警護に残した春成は、きっちりとふすまを閉じて夏月を座らせると、自分もその正面に腰を下ろして声を低めた。

「城から逃げ帰るとき、間道で待ち伏せされたのを覚えていますか？」

夏月は「うん」とうなずいた。あの道は夜見一族の者しか知らないはず。だからおかしいと感じた。なぜそんなことを訊くのかと言いかけて、ハッと目を見開く。

「まさか…黒川が……？」

「はい」

春成の短い答えに、夏月は思わず手のひらで目元を覆って表情を隠す。

裏切ったとはそういう意味だったのか。

自分が屋敷に呼びもどされて以来、ずっと傍近くで護衛の任についてくれていた近侍のひとりの裏切りに動揺を隠せない。黒川の行為は、自分こそ惣領の跡継ぎだと自ら任じて夏月を排除しようとしている八重や氷雨たちとは質がちがう。味方だと信じている仲間を敵に売りわたすという、もっとも忌《い》むべき裏切りだ。

忍びは相手を騙《だま》すことによって成り立っている。だからこそ仲間に対しては裏切りを許さない。許してはならない。それは一族の人間が、物心つく前から叩きこまれる第一の教えだ。

「父上の跡を継いで最初の仕事が、裏切り者の処罰になるのか…——」

それも自分の近侍の。夏月は思わずうめいて固く両眼を閉じた。だから春成がいつの間にかすぐ傍らに移動していたことに気づくのが遅れた。

「夏月さま…」

声と同時に肩に腕がまわされ、少し強引に抱き寄せられて身を強張らせる。

そっと離れようとしても密着してくる男の身体を、夏月は腕を突っ張って遠ざけようとした。しかし春成はそれより強い力で抱きしめてくる。

「何のつもりだ、春成。こんな時に」

「こんな時だからこそです。もう少し私を信じて頼っていただきたい」

言いながら、春成は夏月の頰に手をそえて逃れられないようにした上で、己の顔を近づけた。

「そなたのことは頼りにしている」

「もっとです。もっと、身も心も私に委ねて欲しいのです…」

唇が近づいて触れそうになる前に、夏月はうつむくことでそれを避けた。

「春成、私はそなたのことを頼りにしている。しかしこういう意味ではない。もしもこれまでの私の態度に誤解を抱かせるような何かがあったのなら詫びる。ただ、これだけははっきりと言っておく。私はそなたを念者として見たことは一度もない。この先もないだろう」

相手を刺激しないよう静かな声で、けれどきっぱり告げる。

そこに誤解の余地はないことに気づいたのだろう。春成は夢から覚めたような表情で夏月から離れると、視線を逸らして立ち上がった。そのまま、しばらく彫像のように立ち尽くしていたかと思うと、ふっと肩の力を抜いて夏月に微笑みかけた。

「…申しわけございませぬ。詮ないことを申しました。どうかお許しください」

「春成」

「なにとぞお許しを。そして忘れてください」

きっちりと礼をしてふすまを開け、部屋を出てゆく近侍頭の後ろ姿を、夏月は黙って見送ることしかできなかった。

散る花は影に抱かれて　第二章

《第二章》

・蚕起《かいこお》きて桑《くわ》を食《は》む・

夏月《かげつ》率いる夜見《よみ》一族が越後《えちご》の松平《まつだいら》家を見限り、上野館林《こうずけたてばやし》の榊原秋康《さかきばらあきやす》を新しい主君と奉じて忠義に励みはじめてから二年の月日が過ぎた。

この二年間、夏月は惣領としての役割を皆が驚くほど見事にこなしてきた。

新しい主である秋康から最初に与えられた土地は、お世辞にも豊かとは言い難かったが、相手が期待する以上の影働きを何度もくり返すうちに信頼を得て、肥えた土地の開墾を許されるようになった。

夏月はそこに夜見の郷を再建した。開けた場所に表郷、そして表郷に面した山の中には隠れ郷を。

上忍五家と中忍の主だった者たちはそれぞれ表向きの役職を与えられ、城や藩内、江戸屋敷など、必要に応じてさまざまな場所に出入りを許されている。

佐伯春成《さえきはるなり》は御殿医、夏月はその見習いということで城内に屋敷を与えられ、怪しまれることなく藩主秋康の居室に日参している。忠影《ただかげ》も佐伯門下の医者のひとりとして屋敷の長屋に住んでいるが、彼が相手にするのは中級や下級の藩士たちだ。

夜見一族は薬種に詳しく、医術の心得がある者も多いため疑われる心配はまずない。

越後高田から逃れてきた一族の総数は四百名ほどだが、一度に移り住んだわけではない。この機会に諸国を放浪してきた者や、他国に身を潜《ひそ》めてからやってきた者などさまざまだ。そうした者たちが新しい郷でなんとか暮らせるようになるまでの諸費用や、入国の際の手形、周囲に怪しまれないための根まわし、そして充永《みつなが》の追及をそらす手立てなど、夏月は秋康の助力を得て次々と解決してきた。

夏月がこれほど秋康から信頼されるようになったのには、それなりの理由がある。

通常、主を変えた忍びなどそう簡単に信用されるものではない。召し抱えた忍びに己の弱味をさらして、敵方に寝返られでもしたら命取りだからだ。ゆえに、主を変えた忍びは報酬に見合った口の固さしか期待されない。

しかし夏月は旧主充永と越後の情勢に関して決して口外せず、一族にもそれを徹底させた。察しのいい者はすぐに夏月の意図を理解したが、不満をもらす者も多かった。充永の情報を売れば儲かるのにと。

『そんなことをすれば、己の首を絞めることになるだけだ。我らのような影働きの者は口の固さと、主を決して裏切らぬ鋼の至心なくして生き延びることはできぬ。たとえ見限った旧主であろうとも、仕えていたときに知り得た情報を売ることは、我ら忍びの誇りを売るに等しい』

凜と告げた夏月の言葉に多くの者は襟《えり》を正し、弱冠十七歳の惣領に敬意を示した。

長年慣れ親しんだ故郷を捨て、新しい土地を開墾しながらの暮らしとはいえ、充永に仕えていた頃よりも豊かになったことで、当初は氷雨虎次《ひさめとらつぐ》兄弟に肩入れしていた者も次第に夏月を惣領として認めるようになった。むしろ最初に文句を言っていた者ほど、夏月贔屓《ひいき》になる傾向があるようだった。

新しい暮らしの滑り出しが、何もかも順調だったというわけではない。

館林に移り住む直前、夏月の父鷹之助《たかのすけ》が身罷《みまか》った。傍らには八重《やえ》の遺体もあり、家中は一時騒然となったが、争った形跡がなかったため後追い心中ということで収められた。

強力な後ろ盾だった母を失った氷雨虎次兄弟は、夏月が奥義を授かり、家中の多くの者の支持を集めて惣領の座に就《つ》いたことを受けて、手のひらを返したように恭順の姿勢を見せた。どうやら充永の不興を買ってしまい、越後には居づらくなったことが大きな理由らしい。

さんざん不和の種を蒔《ま》いてきた氷雨虎次兄弟だが、裏で煽《あお》っていた母八重が亡くなったことと、八重の実家が五家筆頭佐伯家で、家中にはそれなりに兄弟を庇う勢力もあったため、夏月はふたりの恭順を受け入れた。それは、一族を割ることなく率いていけという父の遺言に従うためでもあった。

延宝七年、水無月《みなづき》上旬。

忠影はこの日、夏月と春成とともに江戸藩邸から上野館林にもどる途上にあった。藩邸で暮らす正室から、国元の秋康に宛てた大切な報告を携えての旅である。

佐伯春成は小袖に十徳、脚絆に手っ甲といった旅装束、忠影も似たような恰好だが、風呂敷で包んだ大きな薬籠を背負っている。宿下がりした女中に扮した夏月は、井桁絣《いげたかすり》の小袖という地味なしつらえで、編み笠を深く被って顔を隠している。念のため顔や手足には塗り粉を用いて浅黒く見せ、さらにわざと下手な化粧を施して不器量にしてあるが、目の肥えた者が見れば変装の奥に息づく美貌に気づくかもしれない。

　夏月の群を抜いた美貌は、忍び働きの際に強力な武器になるが弱点にもなる。これまで夏月が色仕掛けを用いたことはないが、この先も使わずに済む保証はない。任務遂行のために、夏月が男もしくは女と床に入ることを想像しかけただけで、忠影の腹底には割りきりようのない痛みが生まれる。

　だからといって、自分が嫌だからするなとは言えない。夏月は夜見一族を率いる惣領であり、忠影は下忍あがりの近侍に過ぎないのだから。

「鼠が二匹、うろついておりますな」

「藩邸を出たときからずっとだ」

　春成と夏月の会話に、忠影は物思いから覚めて顔をあげた。そこへちょうど春成がふりかえる。

「忠影、おまえは気づいていたか？」

　夏月の手前、あからさまにはしないが春成の言葉にはどこか侮蔑《ぶべつ》が含まれている。忠影はいつものようにそうした負の感情をさらりと受け流し、必要なことだけ口にした。

「はい。一度姿を変えていますが、つかず離れずついてくる者がふたりおります」

　昼に立ち寄った飯屋で顔も確認してあると告げると、夏月の目元が満足そうにゆるむ。春成も一見感心したような素振りを見せたが、忌々しげな視線が本心を語っていた。

「側室派の手の者でしょうか」

春成は忠影から夏月に視線をもどして肩をならべた。

「おそらくな」

「始末しますか？」

「いや。襲ってこないかぎり気づかぬふりを続けよう。向こうは我々をただの医者と女中だと思っているはずだ。わざわざ正体を知らせる必要はない」

忍びだとばれれば、口封じのために命を奪わなければならない。無駄な殺生はなるべく避けたいという夏月の心の声が聞こえた気がして、忠影の胸中が痛みと愛しさで熱くなる。

二年前、裏切り者の黒川《くろかわ》を処刑するよう命じたのが、夏月にとって生まれて初めて人の命を奪う行為となった。十四の歳から三年間、夜も日も明けぬ勢いで己に仕えてくれていた男の首が落とされる瞬間を、夏月は惣領として逃げずに見守った。

家中の者たちの前では動揺した素振りは見せず気丈にふるまい、決して弱音を吐くことはなかったが、夏月は本来、巣から落ちて骸《むくろ》になった燕の子を、泣きながら土に埋めてやるほどやさしい心根の持ち主だ。辛くなかったわけがない。

「しかし、逆にこちらから動いて捕らえれば、何か有益な情報が得られるかもしれませぬぞ」

春成は柔和な顔立ちに反して積極的な意見を述べる。夏月は無言で笠の縁を指先で少し持ちあげ、春成をちらりと見つめた。

「……わかりました」

春成は気圧《けお》されたように一瞬息を飲み、軽やかに主張を引っこめた。

そのあとは何事もなく、夕暮れ前に境の宿場にたどり着いた。これといって特徴のない旅籠《はたご》のひとつに入ってしばらくすると、件《くだん》の二人組がさりげない様子でやってきたが、夏月の方針通り素知らぬふりを通す。しかし――。

無駄な殺生は避けたいという夏月の願いも虚しく、皆が寝静まった夜更けに襲撃を受けた。

外は新月。宿の灯りが落ちると障子の桟も見分けられぬ真闇に包まれる。しかし音の方は意外と賑やかだ。隣の部屋からはいびきや歯ぎしり、寝返りを打つ衣擦《きぬず》れの音が。廊下の向こうからは時々、厠《かわや》に起きた者が踏みしめる板の間の軋《きし》みが響いてくる。

そうした雑音にまぎれて、ふたり分の潜めた足音が近づいてくるのに気づいた瞬間、戸口の前で脇差しを抱え胡座《あぐら》をかいて不寝番を務めていた忠影は、すばやく刀を構えながら小さな薬籠を懐中から取り出した。蓋《ふた》を開けて中の粉薬をひと舐めし、ふた呼吸ほど待つ間に、泥炭を塗りこめられたようだった視界が三日月夜程度に明るくなり、家具や布団、人の輪郭が見分けられるようになる。

これは夜見一族に伝わる秘薬で、材料や調合の方法は惣領である夏月しか知らない。この秘薬によって闇の中でも自在に動けることから、一族は『夜見』と呼ばれるようになったという。

背後で夏月と春成が同じように粉薬を舐め、襲撃に備えているのは確認するまでもない。

襲撃者は忠影たちをただの医者と女中だと思っているという夏月の読みは当たっていたらしく、ろくに気配も消さぬまま近づいてくる。――いや、彼らにしてみれば、あれでも用心しているつもりなのかもしれない。

忠影はふりかえって夏月の指示を仰いだ。相手が手練《てだ》れであれば、隙を見せず迎え撃つ必要があるが、ただの侍に毛が生えた程度なら、それなりの対応がある。

忠影の視線に気づいた夏月は簡単な手振りで意図を伝えてきた。

『やつらの目的を知るために私が囮《おとり》になる。合図するまで手を出すな』

一抹の不安はあったが、忠影はうなずいて戸口から離れ、布団に入って寝たふりをした。

小さないびきを五回ほどかいたところで戸口のふすまが音もなく開き、足音を潜めた男たちが入ってきた。ふたりはそれぞれ忠影と春成が目を覚まさないか確認してから、衝立《ついたて》の向こうに忍び寄り、眠ったふりをしていた夏月の口をふさいで手足を押さえ、手際《てぎわ》よく抱え上げて部屋を出て行く。

忠影と春成はすぐさま起きあがってあとを追った。夜目の利く忠影たちとちがって、彼らは小さな龕灯《がんとう》で足許を照らしているため追跡は簡単だ。

ふたりの襲撃者は裏口を使って外に出ると、近くの雑木林に夏月を連れこんで詰問《きつもん》をはじめた。

「奥方から何か伝言を頼まれたのではないか？　殿に大切な報せを伝えるよう密書のようなものを渡されたのではないのか!?」

秘薬によって増幅された視界は、脇におかれた龕灯のせいで満月を浴びたように明るい。

刃を頬に突きつけられて脅された夏月が、答えの代わりに地面にかかとを打ちつけて合図する。

忠影はすかさず飛び出して、吹き抜ける一陣の風のように下生えをかき分け、襲撃者たちの背後に肉薄した。夏月の首をしめあげていた男のこめかみに、振りかぶった右手で思いきり刀の柄頭を叩きつけると、衝撃で男の手から小刀がこぼれ落ち、その身体も地面に突っ伏した。男が完全に意識を失ったか確認する忠影の耳に、少し離れた場所で春成がもうひとりの男――夏月を羽交いじめしていた方に止めを刺す音が聞こえる。春成は息絶えた男を脇に放り出して夏月を抱え起こそうとした。

「夏月さま、大丈夫ですか？」

怪我の有無を確かめるために肩を抱き寄せて胸や腹を探ろうとした春成の手を、夏月はさりげなく、やんわりと避けた。

「…大事ない。忠影、そちらの男は生きているか？」

「はい。気を失ってはいますが」

男の手足を素早く縛りながら答えると、夏月は執拗《しつよう》に腰や肩に腕をまわそうとする春成から離れて忠影の隣に跪いた。

「――よし。何か聞き出せるかためしてみよう」

男に喉をしめあげられていたせいで、少しかすれた声でささやきながら忠影の肩に手をかけ、わずかにもたれかかる。忠影はすばやく夏月の状態を確かめて、自己申告通り怪我などないことを見て取るとひそかに安堵した。

聡《さと》い夏月は忠影の吐息の意味に気づいて、春成からは見えないようにこりと微笑み、

「大丈夫だと言っただろう」

ささやいて、さりげなく忠影の腕に手を重ねる。

忠影は顔を覆った布の下できつく唇を引き結び、痛々しい痕《あと》が残る首筋に手を伸ばして慰撫《いぶ》したい気持ちをなんとかこらえた。夏月は一瞬だけ忠影を見上げ、何か言いたげに瞳を揺らめかせたものの、すぐにあきらめたように襲撃者へと視線を戻す。その肩があまりに寂しそうに見えて、忠影は己に課した禁忌《きんき》をやぶって思わず抱き寄せそうになった。そのとき、

「忠影、ぼんやりするな！」

苛立ちを含んだ春成の声に叱咤されて我に返り、胸奥に生まれた名状し難い痛みをこらえる。春成に対して抱きかけた理不尽さへの怒りも、己と夏月の立場を思い出して押さえ込んだ。

そうして目の前の襲撃者に集中する。無言で気絶している男の背後にまわり喝を入れると、男はうめき声をあげながら意識を取りもどした。

「う…くそっ、きさまら…——なぜ…？」

ほんの少し前までと彼我《ひが》の立場が逆転したことに驚いている男の眼前に、夏月は龕灯を突きつけて目を眩《くら》ませてから低い声で訊ねた。

「誰に頼まれた？　おまえの名は？　生まれはどこだ？　上役の名は？」

ひとつ問うごとに龕灯に布を被せたり外したりして灯りを明滅させ、合間に聞き取れないほどの小さな声で呪文のようなものをささやきながら「誰に頼まれた？」とくり返す。

こめかみを強打されて朦朧《もうろう》としていた男は、はじめのうちこそ抗《あらが》っていたが、次第に夢見るような

とろんとした顔つきになり、やがてうわごとのようにある人物の名をつぶやいた。続いて自分と絶命した仲間の名、役職などを口にする。しかしそれ以上は何も有益な情報は得られなかった。男の口が固いのではなく、本乙《ほんおつ》に詳しいことは何も知らないからだろう。

夏月は地面に龕灯を置くと、帯の間にかくしていた短刀を引き抜いて男に止めを刺そうとした。

そばにいたから気づける、かすかな緊張をまとったその右手を忠影はそっと押し留め、夏月が何か言う前に手甲から細く強靭《きょうじん》な鋼製のクイナを抜き、男の胸をひと突きにして命を絶つ。

「…忠影」

「いいのです」

これが自分の使命だ。夏月を護り、夏月の代わりに手を汚す。

ふり向いて、まだ何か言いたげな瞳を見つめ返すと、夏月は小さく唇を噛み、人ひとりの命を奪ったばかりの忠影の手にもう一度自分の手を重ねてまぶたを伏せた。手のひらから夏月の温もりがじわりと染み込んでくる。そして、ふだんは隙なく身にまとっている惣領としての鎧《よろい》の一部がほどけて、忠影に対する信頼と思慕の念が痛いほど伝わってくる。夏月から与えられるこうしたささやかな触れ合いが、どれほど自分を癒し力づけてくれていることか。

許されるなら、この場で抱きしめて気持ちを伝えたかった。自分もあなたを愛していると。あなたが想うよりずっと深く強く愛していますと。

けれどそんなことは互いの立場上、許されない。誰も許してはくれないのだ。

忠影にできるのは、ただ夏月からの接触を拒まず黙って受け入れることだけだった。

遠慮がちに寄り添っているだけなのに、互いに強い絆を感じ合っている夏月と忠影の姿を、少し離れた場所で春成がじっと凝視していた。先刻のように苛立った声をかけて引き離そうとしないのは、身のうちに湧きあがったどす黒い感情を持て余していたからだ。

二年前、黒川の裏切りを知って動揺する夏月を慰めようとして拒絶されて以来、夏月は決して自分から春成に触れようとしなくなった。そればかりか春成が近づくとさりげなく距離を取ろうとしている。なのに、忠影にはむしろ好んで身を寄せようとする。

余人ならば見逃してしまいそうな、ささやかな触れ合い。その事実が示唆《しさ》するふたりの関係を折にふれ見せつけられてきた春成の中で、この夜、ついに何かが決壊した。それはあまりに激しく強いものだったため、却って表には現れない。

虫の声も絶えた夜の底で、佐伯春成は能面のような無表情を浮かべたまま、愛してやまない主の夏月と、その想い人である下忍あがりの男の姿を静かに睨み続けた。


上野館林城は小さな湖に突き出た飛び石のような台地に本丸、二の丸、三の丸、さらに外郭、総郭などがそれぞれ水路を隔てて築かれている。冬は水面を渡る冷たい風に難儀するが、夏は涼やかで過ごしやすい。

夏の遅い日暮れ前に城門にたどりついた夏月たちは、手早く旅の埃《ほこり》を落として身なりを改めると、藩主榊原秋康が待つ本丸御殿に出向いた。公務に使う表の黒書院ではなく、私生活の場である奥の間に案内されると、夏月は多喜を見張りに残し、忠影と春成を伴って入室した。表向きは御殿医役の春成に見習いの夏月と忠影が随行する形だ。

「殿、先ほど江戸表より帰参いたしました」

「おお、待ちかねておったぞ」

夏月の顔をみた秋康は破顔《はがん》して手招きながら、傍らに控えていた側小姓に合図して人払いした。

体調やご機嫌をうかがう当たり障りのないやりとりを交わす間に、次の間や帳台の間から人の気配が遠のいてゆく。それを待って、秋康が急《せ》いた様子で口を開く。

「それで妻の様子は？　生まれた赤子は、まことに男児であったのか⁉」

夏月が力強くうなずいてみせると、秋康は「おお…」と声をもらし、感に堪《た》えかねた様子で脇息にもたれかかった。

「そうか、まことに男児であったか…！　そなたが寄こした手紙に符丁が使われておったから、江戸からの報せは死産でも、本当は無事男児が生まれたと信じておったが——。そうか、奥が男児を産んだか」

「はい。ご出産から産湯を使われるまで、この目でしかと確かめてまいりました。思いのほか安産で、奥方さまもお生まれになった若様も、まことにお健《すこ》やかなご様子でございました」

盗み聞きされるおそれがなくなっても、夏月は用心して声を潜めたまま報告を続けた。

「出産後三日間は母君の乳を与え、その後は殿のご命令通り陪臣佐々木嘉盛《ささきよしもり》の元に預けてまいりました。若君が無事成人するまでの手はずはご筆頭家老狩野信綱《かのうのぶつな》さまの命により万端整えております。奥方さまには身代わりの赤子の遺体を預けて参りました」

筆頭家老の狩野信綱は秋康が最も信頼している家臣の名だ。幼少の頃から秋康に仕え、ふがいない父の代わりに秋康を導き育てた賢臣である。

「奥は何か言うておったか？」

「目に涙をお浮かべになり、辛そうなご様子ではございましたが、我が子の命には代えられぬと気丈に仰られ、わたくしどもにまで礼をしてくださいました」

「そうか…」

秋康は、おのが手に抱けぬ吾子に思いを馳《は》せるように両手をじっと見つめて、もう一度「そうか」としみじみつぶやいた。愛しい妻との間にようやく子を授かっただけでも嬉しいだろうに、それが継嗣となる男児であったのだ。十四の歳に奥方が輿入《こしい》れされてから十年が経つ。彼女との子どもはとうにあきらめていただけに、喜びもひとしおなのだろう。

ただし、せっかく正室との間に生まれた男児を死産だったと偽らなければならない事情が秋康にはあった。

秋康は十年前、将軍家に連なる名家の姫を正室として迎えた。そしてこうした政略結婚の例としては珍しく夫婦仲が睦《むつ》まじかった。子宝に恵まれないまま三年が過ぎた時点で、家臣一同から側室を置くよう薦められたが、正室が年若いことを理由に二年ほどは抗った。しかし継嗣問題はお家の一大事。婚姻から五年目には、ついに折れて何人かの側室を迎えることとなった。

一年後、側室さつきの御方が男児を、もうひとりが女児を出産したことで家臣一同安堵するとともに、子ができなかったのは秋康ではなく妻に問題があったとして、正室は軽んじられるようになる。

妻でありながら日陰の身として江戸藩邸でひっそり暮らす正室とは対照的に、男児を産んだ側室さつきの御方の権勢は日ごとに増していった。同時に、さつきの御方を側室に推薦した次席家老黒田《くろだ》与右衛門《よえもん》とその取り巻きの威勢も自然に増してゆく。

秋康は聡明かつ英邁《えいまい》で度量も広く名君の器であったが、弱点もあった。それは、表向きは主君を敬うふりをしながら、実際には軽んじてないがしろにする傾向がある家臣団の存在だ。原因は茶器ひとつを購入するにも家臣一団の顔色を窺《うかが》っていた、藩主とは名ばかりの先代にあった。物心つく前からそうした気風を見て育った秋康は、己が藩主になってすぐに藩政改革を断行し、政の実権を手中に収めたのだが、家臣団の中には未だ『藩主は飾り物でいてくれればいい。政《まつりごと》は我々家臣一同がいかようにもする』という考えを根強く抱いている者が多い。そこへきて側室を置く置かないの問題で彼らにつけ入る隙を与えてしまい、藩主をないがしろにしがちな気風を一掃できずにいた。

そうした状況のなか、輿入れから九年以上経った昨年になって正室の懐妊が秘かに伝えられた。

正室は聡明な女性だった。男児を産んだ側室が国元で自分を哀れみ軽んじていることも、次期藩主の生母として権勢をふるっていることも充分理解していた。浅慮《せんりょ》な女性なら、己が懐妊したことを大声で報せるところだが、正室は思慮深く状況を見極めて懐妊の事実をぎりぎりまで明かさなかった。さらに秋康が江戸に滞在している間に、男児が生まれた場合の対処を十分に話し合った。

『もしも生まれた子が男児なら、それを望まぬ方に命を狙われるでしょう』

実際、懐妊が知られてから食事に堕胎《だたい》を誘発する毒を盛られたことがあった。そのときは事前に判明して事なきを得たが、赤子はただでさえ命を落としやすい。暗殺の危険におびえながら藩邸内で育てるのは難しいという正室の訴えを、秋康も了解した。そして、男児が生まれた場合は秘かに藩邸から連れ出し、信頼できる家臣の家に預けて養育させることにしたのである。

養育を任される家臣の事前調査から、当日連れ出して預けるまでの手はず、さらに、生まれはしたが死産だったと、周囲をあざむくために必要なあれこれすべてを任されたのが夏月率いる夜見一族だ。夏月は一族のなかでも特に信頼できる精鋭たちを選んで江戸に向かい、秋康と正室の要望に応えるべく奮闘した。そして先日ついに出産を迎えた正室の手から、養父母となる家臣の家まで嬰児《みどりご》を無事連れ出し、預けることに成功したのだった。

「これでひとまず安心…と思いたいところだが、そうもいかぬ」

ひとしきり喜びを露わにしたあと秋康がもらした声に、夏月はかしこまってうなずいた。

「懐妊中の妻に、毒を盛ろうとした犯人を見つけ出さねばならぬ」

「はい」

「それも確たる証拠とともに」

犯人は十中八九さつきの御方だろうが、証拠もなしに断罪することは藩主といえどできない。それにさつきの御方の後ろには次席家老黒田与右衛門がどっしりとにらみを利かせている。中途半端に嫌疑をかければ、証拠を出せとつめ寄られ、出せなければ藩主としての見識を疑うと騒ぎ立てられるだろう。彼らの望みは御しがたい秋康を隠居に追い込み、自分たちの言いなりになる者を藩主に祭り上げることなのだから。

「夜見の夏月よ、頼んだぞ」

秋康の信頼とともに下された使命を夏月はつつしんで承った。

・ 桐始《きりはじ》めて花《はな》を結《むす》ぶ ・

皐月下旬。

次席家老の黒田与右衛門の従者がよく利用しているという料理茶屋と、その界隈への聞き込みを終えた忠影からの報告が、直接ではなく神保《じんぼ》を通して伝えられた時点でおかしいと思った。

こんなことは初めてだ。いつもなら報告のために参上したあとはそのまま勤番に入るのが常なのに。

「忠影はなぜ直接報告に来ないのだ?」

夏月は報告を終えた神保藤左衛門《ふじさえもん》に訊ねてみた。神保は一瞬黙りこみ、

「――風邪、を引き込んだようですな。ひどい咳とくしゃみをしておったので、夏月さまにお会いしてうつしてはいけないと、私めが判断して郷に返しました」

「風邪?」

夏月はますます不審を深めた。自分が覚えている限り、彼が風邪をひいて寝込んだところなど見たことも聞いたこともない。怪我をしてもすぐに動きまわってしまうほど、忠影は頑健で我慢強い。

「本当に風邪か?」と夏月が重ねて訊ねても、神保はそれ以上語ろうとはしなかった。問いつめたところで詳しいことは聞けない、そう判断した夏月は奥の間を出て表に向かった。

三の丸の一画に建てられた屋敷表《おもて》は、一見小さな薬種問屋の様相を呈している。薬草を砕いたり調合したりしている奉公人も、国の内外から薬草を持ち込む仲買人も、調剤を指揮している医師や見習

いも、すべて夜見の忍びたちの、世をあざむく仮の姿だ。

壁一面にずらりとならんだ薬箪笥の前で、上役の指示に従って忙しそうに働いている奉公人――に身をやつした下忍――たちの大半は、腕や脚に大怪我を負ったり、歳のせいで敏捷に動くことができなくなった者たちだ。以前なら、身体が不自由になった下忍には、痩せた土地を耕して日々の糧《かて》を得る道しか残されていなかった。例外は、特別に技能を認められ子どもたちの師匠に抜擢されることだが、そういう者はごくわずかだ。怪我の後遺症や老齢をおしての過酷な農作業は彼らの余命を縮める。影働きできなくなった下忍の多くは、数年でこの世を去るのが常だった。

一族を率いて館林に移住した夏月は、そうした下忍たちに薬種屋の奉公人という役割を新たに与えようと考えた。もともと一族の誰もが持っていた基礎的な薬草の知識に加え、夏月が父から受け継いだ奥義からも、秘蔵の調合法をいくつか開示して彼らに学ばせ、それらの知識と実績によって薬種屋の評判を安定させるよう努めた。その試みは成功しつつある。

腕のいい医者と調剤師は身分の上下を問わず誰からも歓迎される。情報を仕入れるためにあらゆる場所に出入りする必要がある忍びにとって、これほど便利な隠れ蓑はない。それが単なる張りぼてではなく実力を伴っているとなれば、この上なく強力な武器だと言える。そして下忍たち本人も、自分たちはまだ一族の役に立っているという誇りが持て、収入も得られる。まさに一石三鳥の妙案だった。

忍びは他人をあざむき、信頼を得た相手を利用してだますことも多い。だからこそ身内や一族内だけは信じられるように、心の拠り所であるようにしなければならない。そうでなければ、誰が命をかけて危険な影働きに勤しむだろうか。報酬や日々の糧だけを餌に人を動かそうとしても、長続きはしない。そうしたやり方を選んだ氷雨虎次兄弟が、支持を得られなかった理由はそこにある。

夏月は自身の警護体制についても、それまでの上忍五家の縁者に限るという慣習を破り、新たに中忍三十六家からも警護役を出すことにした。それまで立ち入ることを許されなかった惣領屋敷奥の間に通された中忍たちは、惣領の護衛を任されたことを誇りに思い、大いに感激した。

そうやって古く硬直しつつあった慣習や規範を見直し、風通しをよくすることで下忍や中忍たちの忠誠心を高めている。

これまで夏月の護衛にあたっていた近侍を含めた上忍たちは、薬種屋の番頭、隠れ郷のまとめ役、江戸藩邸での責任者、家中をとりしきる要役《かなめ》など重要な役目を与えられ、それぞれ忙しく過ごしている。そうした事情もあり、警護のために中忍が屋敷奥に上がるという前代未聞の慣習破りについては、目を瞑り受け入れられるようになっていた。

夏月は奉公人のなかから、忠影と一緒に今回の任務に当たった下忍——確か川下《かわしも》の伊兵衛《いへえ》という名だ——を見つけて手招く。一族の名前と顔は可能な限り頭に叩き込んである。そして誰が誰と組んでどんな任務についているかは、毎日報告を受けて把握しているつもりだ。

他の者に聞こえないよう小声で、忠影が姿を見せない理由を知っているかと尋ねると、伊兵衛も神保と同じように一拍置いてから「風邪を引き込んだようです」と畏《かしこ》まって答えた。夏月は内心でため息を吐きながら、伊兵衛を解放して考え込んだ。

やはりおかしい。しかし忠影とて生身の人間なのだから、風邪くらいひくこともあるだろう。

そう自分に言い聞かせても胸騒ぎがする。心配ではあったが、本人やまわりが風邪だと言っているのに夏月が直接出向いたりすれば、惣領らしからぬ軽々しいふるまいだと諫《いさ》められ、忠影への風当たりがまたきつくなる。惣領という立場のこうした不自由さに眉をひそめつつ、奥へ戻ろうとした夏月の背に、そっと声がかけられた。

「あの…夏月さま！」

ふり返ると十五郎《じゅうごろう》という名の下働きが、右脚を少しひきずりながら近づいてくる。十五郎も、夏月の新しい試みによって救われた元下忍のひとりである。忠影と歳が近く家も近所で、幼なじみの間柄だが、何事にも秀でていた忠影とちがって十五郎は落ちこぼれ気味だった。彼は心根がやさしく素直なため忍びとしては頼りなかったが、人としてつき合うにはほっと息をつける相手だ。

忠影は以前から彼の面倒を何くれとなく見てやっていた。怪我をして影働きができなくなってからも、できる限りの世話をしてやっていたようだ。忠影が何度か十五郎に話しかけるところを、夏月も見たことがある。とはいえ下働き風情が惣領に、手順も踏まず通りがかりに声をかけることは無礼にあたる。夏月は気にしなかったが、両脇に控えていた護衛ふたりが無言で前に出て、近づこうとする十五郎を押し留めようとした。

「よい。話をさせてやれ」

十五郎も己の行動が無礼にあたることは重々承知しているはず。それでもあえて声をかけたということは、それなりの理由があるのだろう。夏月がふたりの護衛を少し遠ざけると、十五郎は首に巻いていた手ぬぐいを外して両手に持ち、それを揉みしだきながら一礼して口を開いた。

「先ほど、忠影のことを訊ねておられるのを洩れ聞きまして、よけいなお世話かとは思いましたが、お知らせしておいた方がよいかと判断しまして…、そのお耳を拝借してもよろしいでしょうか」

夏月がうなずくと、十五郎は口許を手で覆ってそっと耳打ちした。

「表向きは風邪…ということになっておりますが、忠影は先の影働きで傷を負い、それが元で具合を悪くして隠れ郷の実家で伏せっております」

驚いて目を瞠り、素早く視線を向けると、十五郎は「本当です」と言いたげにうなずいて見せた。

「——…よく報せてくれた」

夏月は小声で労《ねぎら》うと、先刻まで気にしていた惣領としての立場や忠影への風当たりといった諸々をふり払って厩《うまや》に向かう。そうして、あわてて追いかけてくる護衛たちの制止も聞かず、隠れ郷に向かって馬を走らせた。

四半刻ほどかけてたどり着いたのは、忠影の父でありかつて夏月の養父だった男の家だ。そこは越後高田の隠れ郷にあった家と大差ない、質素でつましい造りだった。息子が惣領の近侍に抜擢されたのだから台所事情はかなり潤《うるお》っているはずだが、あの養父のことだ、よけいなことには使わず貯めておけと言って金を使わないのだろう。

夏月は途中で追いついた護衛ふたりを家から少し離れた場所に待たせ、古木を使った戸口に立った。

口うるさい佐伯春成が江戸に派遣中でよかったと思いながら、戸を叩いて名を名乗り、返事を待たずに戸を開けてなかに入る。

土間を隔てた向こう側の、さほど広くない板の間に敷かれた薄い布団から、驚いて起きあがった人影が揺れるのが見えた。忠影だ。動けるくらいの容態ということか。思わず深い安堵の吐息がもれる。

「か…夏月さま…！　このようなむさ苦しいところへ……」

かすれた声にいつもの張りがない。夏月は急いで土間を横切り板の間に駆けあがった。

「その〝むさ苦しい〟家で十年以上育ててもらった私に、何を今さら。いいから横になって…」

夏月の制止にもかかわらず、忠影は板の間に降りて居住まいを正そうとした。顔色が悪く、質のよくない汗をかいている。身体はずいぶん辛そうなのに明らかに無理をしている。

「忠影…！　主として命ずる。布団に戻って身体を休めよ」

夏月は眉根を寄せて忠影をにらみつけ、きっぱり命じた。忠影は一瞬、虚をつかれたように夏月を見つめ、それからあきらめとも納得ともつかない表情を浮かべて、素直に身を横たえた。

夏月はほっと胸を撫で下ろしながら心中で『まったく、この男は…』と泣きたい気分になった。

弟が兄に何か頼むつもりで接しても、それが夏月のためにならないと判断すると忠影はたいてい譲らない。けれど主が家来に対する態度をつらぬけば、今のように逆らわず従う。呆れた忠義ぶりに怒ればいいのか、それとも感心すればいいのか…。

自分がどれだけ心配したか、どうして怪我をしたことをすぐに報せなかったのか。なじりたいことは山ほどあったが、夏月は素早く忠影の顔色、発汗、肌の状態、声のかすれ、手足の震えなどを見て取り、うらみ言はあとまわしにした。

十五郎に教えられたとき毒ではないかと思ったが、やはり予想は当たっていたようだ。急いで湯を沸かし、持参した解毒薬を煎じて煮詰めたものを飲ませ、頬に血の気が戻るのを確認すると、ようやくひと息ついて話を聞く余裕が生まれた。

「それで、何があったのだ。そなたが風邪をひいただとか食い物にあたったなどと言っても、私は信じないぞ」

忠影はわずかに視線をそらして口をつぐもうとしたが、夏月がもう一度「すべて話せ」と強く命ずると、観念したように深く息を吐いて経緯を語りはじめた。

「西栄町界隈で薬を売りながら噂話を集めて歩いていたところ、かわたれ刻を狙って襲われました。すれ違いざまに、手のひらに隠れるほどの小刀で二の腕をざっくりと。ああ…いえ、傷自体はさほど深くなく、一度はそやつの腕を捕らえたのですが、そこで突然力が入らなくなり…」

「刃に毒が仕込まれていたか」

「はい」

「その者の人相風体は？」

「なんの変哲もない、どこにでもいそうな町人姿で、顔ものっぺりとして特徴がなく、声はひと言も発しませんでした。背は五尺一寸、目方は十四貫目弱ほど」

「だが、不意打ちにしろそなたに怪我を負わせた。相当の手練れだな。さつきの御方や次席家老の黒田さまがそれほどの使い手を雇い入れたということか。――厄介だな」

これまで側室一派が使っていたのは、夏月たちがやって来るまで代々藩候に仕えていた忍び集団だ。表向きは幕府を倣《なら》って御庭番として働いていたが、時が過ぎ、代を重ねるうちに、その大半は本来の役目を離れて目付や同心として働くようになり、残りの者は〝表向き〟ではなく本職として御庭番を務めるようになっている。夜見一族のように優れた忍びはほとんど残っていない。だからこそ秋康は夏月たちを引き抜いたのだ。

「それが、少々気にかかることがあるのです」

「なんだ？」

夏月が問うと、忠影は自分から言い出したにもかかわらず、しばらく迷うように黙り込み、やがて言いにくそうに口を開いた。

「私を襲った者の身のこなし、太刀筋、それに何よりも身にまとっていた気配……。上手くは言えませんが、あれは…夜見一族の者…だった気がするのです」

「なんだと!?　そんな…」

わけはない…と反論しかけた夏月の脳裏に、氷雨と虎次兄弟の顔が浮かぶ。

「異母兄《あに》たちが、あちらに寝返ったということか？」

「その可能性が皆無でないことが問題かと」

「――……」

　夏月は思わず額を指先で押さえ、ため息を吐いた。忠影とふたりきりだという安心感のせいで、つい感情を露わにしてしまう。

「頭の痛いことだ。異母兄たちが本当に何か悪だくみをしているなら、調べて曝《あば》く必要がある」

　これまでも監視は続けていたが、もっと用心した方がいいだろう。身内の遺恨が原因で、秋康侯に迷惑をかけるようなことがあってはならない。

　夏月がもう一度ため息をもらすと、忠影が慰めるように申し出る。

「私に、なんでもお命じください」

　夏月は顔を上げ、わずかに頬をゆるめた。それから身を起こそうとしている忠影に気づいて、有無を言わさず床に押し戻しながら言い添える。

「もちろんだ。だがそれは身体が快復してからの話。さあ、もう一杯薬湯を飲んで、汗と一緒に毒気を出してしまおう」


　一刻後。

　小さな明かり取りの窓から射し込む西日の眩しさとは裏腹に、屋内はすでに夜が訪れたように暗い。

　忠影は内心とは真逆の言葉を口にした。

「そろそろ陽が暮れます。お屋敷にお戻りください」

「いやだ。今宵《こよい》は帰らず、ここでひと晩そなたの看病をしてゆく」

夏月は手桶に汲んできた冷えた井戸水に手ぬぐいを浸し、小気味よくぎゅっとしぼって忠影のひたいに乗せながら、さも当然のことのように言い返した。

「なにを…」

言うのですとつぶやいたきり、あとがつづかない。心の半分は、今もなお夏月はこれほどまでに自分を慕ってくれているのだと狂喜している。けれど半分は、すでに大きく隔たってしまった互いの身分や立場を慮ってしまう。『分をわきまえよ』と苦言を呈した父の言葉が、何年経っても耳を離れない。

家中には未だ……いや、亡き父を継いで夏月が惣領になったからこそ、下忍あがりの忠影が近侍として屋敷にあがることに渋い顔をする者が大勢いる。侍に将軍から足軽までの身分があり、それらが遠く隔たっているように、農民に地主豪農と水飲みの小作人の別があるように、忍びにも手駒のごとく使われる下忍たちとそれらを操る中忍、その中忍を束ねて手足のように使う上忍たちがいる。

それぞれの階層のなかで優劣を競い出世することは許されても、階層そのものを越えることは滅多に認められない。そこにある壁の厚さの前では、忠影自身の心延えや忍びとしての優れた技量といった美質は関係ない。多くの者は忠影のことを、幼い夏月を養い育てた父親の余録にあずかっただけの男、まんまと夏月を手なずけてえこひいきされているだけの狡猾《こうかつ》な男として見ている。

たとえ忠影本人を直接知ったとしても先入観と偏見、そして嫉妬のせいで悪く取られる。ささいな落ち度でも揚げ足を取る材料にされるのに、惣領である夏月が隠れ郷の下忍の家に泊まったなどと知られたら大騒動になるだろう。佐伯春成あたりに知られれば、不敬を理由に成敗されかねない。

――いや、俺が成敗されるだけならあきらめもつく。けれど夏月が俺に心を寄せ、衆道に踏み外そうとしているなどと噂にでもなれば、惣領としての立場に傷がつく。下忍あがりの俺などではなく、相手が佐伯春成であったなら、周囲の反応もちがっていたかもしれないが…。

忠影は熱で痛む身体をきしませて寝返りを打ち、わざと夏月に背を向けて自嘲した。

「屋敷にお戻りください、夏月さま。具合はもうだいぶよくなったので、ご心配にはおよびません」

夏月と、そして彼の側に仕えつづけたい自分の立場を守るために、心を鬼にする。突き放したような物言いが効いたのか、夏月は黙って立ち上がり、静かに土間に降りると戸を開けて出て行った。

「……ッ」

自分がそう言った結果にもかかわらず、遠ざかる足音に未練がからみつく。もれそうになったうめき声は、夏月がひたいに乗せてくれた手ぬぐいに押しあててこらえた。

帰れなどと本心から言うわけがない。側にいて欲しい。駆けつけてくれて涙が出るほど嬉しかった。手を取って礼を言い、息が止まるほど抱きしめたかった。

それは叶わぬ願いだとわかっていても、夢見ることだけは止められない――。

布団に突っ伏し、迫り来る夕闇にさらした汗ばんだ背中に、そのときカタリと戸口が開く音が聞こえた。父が戻ってきたのだろう。忠影はだるい身体でふり返り、そのまま驚きのあまり声を失った。

「な…」

戸口には水を取り替えた桶を手にした夏月が立っていた。

「もしかして、私が素直に屋敷に戻ったと思ったのか？」

夏月は苦笑しながら忠影の傍らまで戻って膝をつくと、そっと額に手を当ててささやいた。

「外に待たせていた護衛たちに言い含めてきた。今夜は野宿させてしまうが、すまぬ…と」

「夏月…さ…」

これは夢か？　一度はあきらめて突き放し、それを悔いて慟哭したあとに再び目の前に差し出された。その果実の甘さを、もう一度退《しりぞ》ける自信はない。

「左衛門《さえもん》の戻りはいつになる？」

「…父は、今宵は戻りませぬ」

以前から楽しみにしていた年に一度の寄り合いに出かけた。最初は息子を心配して出かけるのを止めようとしていたが、忠影がひとりでも大丈夫だからと言って送り出したのだ。嘘ではない。一昨日と昨日は熱が出てさすがに辛かったが、今朝方には峠を越えたらしく今日はだいぶ気分がよかった。

「では、なおさら独りにはできぬな」

子どもの頃のように額をこつんと合わせて熱を計り、微笑んだ夏月の言葉に、忠影はもう何も言い返すことができなかった。

毒気混じりの汗で汚れた身体を拭き清めてもらい、夏月が手ずから作った粥を食べてひと眠りすると、気分は驚くほどよくなっていた。心につられて身体まで軽くなったような心地がする。

視線をすべらせ、板の間に手枕でうたた寝している夏月に気づいた忠影は、ふいに胸奥から湧き上がった熱い奔流に眩暈《めまい》をおぼえた。子どものように手足を丸め、目尻に小さく涙を浮かべた姿を見た瞬間、ここまで自分を慕い心配してくれる者を、これ以上突き放すことなどできなくなった。

夏月が愛しい。愛しくて仕方ない。

誰に何を言われようが、後ろ指を指されようがかまわない。自分が愛したことで彼が誹《そし》りを受けるなら、それらすべてを弾き返すほどの働きを見せてやる。

忠影は腕を伸ばし、それでも一瞬ためらってから、夏月の身体を抱き寄せた。

「……？　忠影、気分はど…」

羽虫のように軽やかに睫毛を震わせて目を覚ました夏月の問いが、強い抱擁のせいで途切れる。

「ご無礼をお許しください」

「…え？」

まだ状況を把握できないでいる夏月の、夜目にも白い頰にそっと唇を押しつけて反応を見る。

「た…、あ…――」

夏月は驚きのあまり目を見開いて忠影を見つめ返した。何か言おうと何度か開閉をくりかえした唇が声を発する前に、忠影は自分のそれを重ねた。

「……！」

腕のなかで夏月は一瞬身体を強張らせ、それから湯をかけられた雪のようにくたりと力を抜いて、忠影に身を任せた。それが夏月の答えだった。

せまい布団の上でのしかかるように組み敷いて、甘い唇をぞんぶんに貪《むさぼ》る。

二年前の嵐の夜に一度だけ味わった甘露《かんろ》。もう二度と触れることはないだろうとあきらめていた至福のときに、胸がはやって仕方ない。もっとやさしく、丁寧にと、理性がいさめる声をふり払って、忠影の腕は夏月のたもとを割り、手のひらに吸いつくような肌理《きめ》の細かい肌を堪能した。そっと撫で下ろしてゆくと、指の腹に小さな突起がひっかかる。

「あ…っ」

か細く短い声を発して、夏月は顔を小さく仰《の》け反《ぞ》らせ、次いでうつむこうとした。その頤《おとがい》を追いかけて捕まえ、親指の腹で何度か撫でてから、忠影はもう一度唇を重ねた。甘い舌を絡めて吸い上げては離し、上下の唇をそれぞれ軽く嚙んでは舐め、互いに惹き寄せられるように再び唇と舌を重ね合う。

自分の息づかいが、まるで獣《けもの》のように忙しなく聞こえる。

吸ったり嚙んだりするたびに夏月はビクリと身を震わせ、両手に力を込めて忠影の着物を握りしめた。子どもの頃のようにしがみつかれるだけで、庇護欲と充足感がとめどなく満ちてゆく。

「夏月…さま」

唇をわずかに離して名を呼び、胸もとから肩に手をすべらせて着物を剝《は》いでゆくと、腿の下で夏月の両脚が大きく震える。帯をといて下帯に手をかけると震えは一層激しくなった。それだけで、夏月にとってこれが初めての交情なのだと知れた。

「怖いのですか？」

なだめるように手のひらを震える脚に重ねながら訊ねると、夏月は唇をきゅ…っと噛みしめてから、小さくコクリとうなずいた。恥じらうその仕草は幼い頃のようなあどけなさを含んでいる。

忠影はたまらない愛おしさに突き動かされて、夏月を思いきり抱きしめた。

「いつも…、いつも本当はこうして抱きしめたかった。ずっと、――…ずっとこうしたかった…！」

ささやくような小さな声に積年の激情を込めて、想いを告げる。

「私がどれだけあなたを愛しく想っているか、気づいていましたか？」

忠影の告白に、夏月は顔を上げて大きく目を瞠った。夜空を映した水面のようなその黒瞳がみるみる涙で潤んでゆく。そうして少し怒ったような表情を浮かべ、

「き…、気づくわけ…な…い…。二年前に一度だけ、好きって言ってもらったきり…、忠影の方からは触れようともしてくれなくて、気づけるわけないじゃないか…っ」

夏月は両手で顔を覆い、小さく身をよじって忠影をなじった。

「……大切だと思われてるのは、知ってた。主に対する忠誠を捧げられていることも、痛いほど伝わってきた。でも…、忠影も私と同じ気持ちでいるなんて、少しも…――」

「同じ気持ち？」

「二年前のあの唇接けを、私が何度思い出して涙したか…、胸がつぶれるような苦しさにうめいたか、忠影こそ気づかなかったのか…!? 私だってもうずっと長いこと忠影にこうされたかった。でも忠影はいつも私との間に壁を作って、境界線を引いて、そこからは決して近づこうとしてくれなくて！　——兄弟として育った過去をなかったことにされて、主従の垣根を決して越えようとせず、いつも冷静に私と距離を置こうとして…！」

「夏月さ…ま…」

「主として慕われ、敬愛されているだけで満足しようと思った。二年前のあの夜のことは私の願望が作り出した幻だと言い聞かせて……！　夜見の惣領として、忠影の主として、立派に務めを果たすことだけが、そなたの想いをつなぎ止める唯一の方法だと自分に言い聞かせて…っ」

「夏月…！」

「わかってないのは忠影の方だ…っ!!」

握った拳で胸を何度も叩かれなじられて、その痛みすら甘く感じながら、忠影は腕のなかの愛しい存在を強く抱きしめた。なぜこれまで、こうすることを我慢できていたのか我ながら信じられない。

「忠影は…兄《あに》さまは、昔からいつだって…、追いかけるのは私の方ばっかりで…——」

「許してください」

辛い思いをさせてすまなかったと言葉にはせず、重ねた唇に想いを込めた。後頭部を手のひらでささえて、まだ何か言いたそうに動きかけた唇を深くこじ開け、唾液ごと舌を吸い上げた。

小さな明かり取り窓から、昇りかけの月明かりが皓々《こうこう》と射し込んでいる。

せまい部屋のなかは深い川底のように青く沈み、静謐《せいひつ》さをたたえている。それを掻き乱して抱き合うふたりの姿は、まるで水中でたわむれる若鮎と成熟した雨鱒《あめます》のようだ。

「……んっ、ぅ…っ」

忠影から触れてもらえた嬉しさと、さんざん胸にたまっていた恋のうらみ言を吐き出した夏月は、夢にまで見た義兄の力強い両腕に抱きしめられ手のひらで身体中を撫でまわされて、うっとりと広い背中にすがりついた。頭の隅にちらりと、相手は毒のせいで体調を崩しているのに…と自制をうながす理性の声が聞こえたけれど、唇接けの甘さと愛撫の心地よさに止めることができなかった。

「兄さ…忠…影——。か、身体…は、大丈夫なの……?」

それでもおずおずと訊ねると、答えの代わりに四肢を組み敷かれ脚を大きく割り開げられた。

「あ…っ」

ゆるんだ下帯の上から中心に手を添えられ、布越しにゆるりと撫でまわされて、うなじに汗が噴き出る。無防備に両脚を開いていることが恥ずかしくて、とっさに閉じ合わせようとしたけれど、忠影の硬い脇腹に阻《はば》まれただけだった。

「あ…、ゃ…っ…」

忠影は手のひら全体で夏月の中心を包みこみ、そのまま上下に何度も擦り続けた。布地のわずかにざらついた感触が絶妙な刺激となって拡散してゆく。いくらも経たないうちに先端が濡れはじめ、布の下には熱が籠もって、腿の内側や脚のつけ根も汗にまみれた。

「た…忠、影…、やっ、お願……て、手で…——」

布越しではなく忠影の手で直接そこに触れて欲しくて、けれどはっきりそう頼むのは恥ずかしくて、夏月は自身をなぶる手首をつかんで、ぎゅっと力を込めた。

「直接さわってもよろしいですか?」

夏月は唇を嚙みしめてうなずいた。すぐに下帯が取り払われると、籠もっていた熱が逃げてゆく。一瞬ひんやりとした夜気を感じてほっと息をついた次の瞬間、驚くほど熱い手のひらに包まれた。

「ぁあ…——っ」

硬い皮膚と長い指を持った男の手で根本から先端までしごかれながら、胸を吸われて背筋が仰け反る。思わずしがみついていた肩口に指先を食い込ませてから、おそるおそる目を開けると、自分の胸を舐めたり吸ったりしている忠影の顔が見えた。とたんに胸が疼《うず》いて、目のまわりが火で焙《あぶ》られたように熱くなる。

普段は色事など彼岸に置いて超然として見える忠影が、今は獣のように息を荒げて自分にむしゃぶりついている。それがたまらなく嬉しくて、下腹に痺れるような疼きが生まれた。疼きは身体の中心から全身に広がってゆく。そしてまるで痺れ薬のように手足から力を奪ってしまう。限界まで身体を酷使したときのように、手足がだるくなって力が入らなくなった。

中心を嬲《なぶ》っていた忠影の指先が先端に触れ、そのまま軽く押すように撫でまわされて腰がびくりと跳ねた。あわてて姿勢を戻しても、忠影の指が動くたびにひくっと跳ねてしまう。恥ずかしいと思っても自分では止めようがない。夏月の腰は、やがていやらしくくねりながら小刻みに律動をはじめた。

「あ…っ、や…ぁ…っ、ぁあ……っ、あっ…」

身体が熱い。息が苦しい。胸の先端がひりひりする。根本から雁まで裏側を中指でなぞり上げられると、こめかみから後頭部にかけて蕩《と》け崩れてしまうような衝撃が広がった。

「た、忠…影、身体…が変……変…だ、力が…」

入らないと訴え、汗ですべる両腕に力をこめて首筋にしがみついても、忠影は手の動きを止めず、胸や首筋を舐めたり吸ったり嚙んだりすることを止めなかった。

「心配、いりません…夏月さま。変で、いいん…です」

耳のつけ根をきつく吸い上げてからささやいた忠影の息づかいも、夏月同様…いや、夏月以上に忙しなかった。首筋に触れた吐息が灼けるように熱い。それが忠影の想いの強さを物語っているようで、夏月は深い満足感を覚えた。

こんなふうに求められ、欲望を向けられることが嬉しいのは忠影に対してだけだ。

花をもあざむく美貌のせいで、夏月は望んだわけでもないのに男たちから欲望を向けられることが多かった。惣領の座に就いてからはあまりあからさまにする者はいないが、かつては異母兄の虎次を筆頭に、何かと理由をつけては夏月に触れようとしたり、舐めまわすような視線で見つめる者は枚挙に暇《いとま》がなかった。それを肯定的に受け止めたことは一度としてなく、自ら望んだこともなかった。ただひとり、忠影に対して以外は。

夏月が唯一触れたいと思い、触れて欲しいと願った男。それなのに決して自分からは触れてくれなかった男。その男がついに今夜、理性の鎖を引き千切って夏月を求めてくれている。

「忠影…忠…影…、た……あ——…っ」

ひときわ大きくビクンと腰が跳ねて頭の中が真っ白になる。底が抜けたように手足から力が抜けてしまう。今、敵に踏み込まれたら命はないなと思い、すぐに、いや忠影が助けてくれると甘えた考えが過《よ》ぎる。息を深く吸い込んで吐く間に、そんなことを取りとめもなく捏《こ》ねまわしていると、ふいに胸元から圧迫感が消え、代わりに吐精したばかりのそこが新たな熱に包まれた。先刻よりもっと熱くてやわらかい、ぬめりと弾力に満ちた——。

「……え、何? あ…ぁ……た、忠影……!?」

夏月は肩肘をついて頭を起こし、両脚を大きく開いた自分の下腹部に顔を埋めた忠影の頭を目にして息を飲んだ。自分を守り育ててくれた頼もしい義兄の唇と舌が、そこを含んで上下に動く。普段は色めいたことなど毛ほどもにじませない、水で洗ったように清潔そうな唇の間から紅色に染まった自身が見え隠れする。

「た、忠影…! や…っ、止め、そんな…とこっ、あ…ぁあ……っ」

あまりのことに声を抑えることができなかった。離れた場所に待機しているよう命じてあるとはいえ、こんなにあられもなく声を上げたら外の護衛たちにきっと聞こえてしまう。なけなしの理性を集めて声を抑えようとしたとたん、奥のすぼまりを指で探られて、努力は水泡に帰した。

「ひぅ…っ」

肩が仰け反り腰が揺れる。けれど下半身は忠影の逞しい身体で押さえつけられてビクともしない。

忠影は吐精したばかりのそこを吸い上げしゃぶりながら、夏月の蜜で濡らした中指を半分近くまで沈めて揺らした。入り口が充分に解《ほぐ》れるのを待って、さらに奥まで進め、なかで小さな円を描くように指をまわして夏月の息を乱した。中指に慣れると人さし指を加えられ、それにも耐えられるようになると、三本目が襞口を押し広げて入ってくる。

「あ……、あ…ぅう…」

充分に時間をかけて開かれているから痛みはない。けれどそこが限界近くまで広げられる感触に、震えが走る。最初は怖ろしかった。けれど次第に切ないようなたまらない気持ちになる。入り口付近の浅い場所を指の腹でなぞられると、意思でおさえる間もなく腰がひくついて前が張りつめてゆく。後孔が指三本を楽に受け入れられるようになると、舌と唇で慰めていた夏月自身から忠影が顔を離して起きあがった。そして改めて夏月の両脚を抱え上げる。

「──……あ」

指が去って閉じかけたそこに、ヒタリと熱い先端が押しつけられた…と思った次の瞬間には、一気に半分近くまで夏月のなかに埋められていた。夏月が思わずそこをしめつけなければ、きっと一気に、つけ根まで進められてしまったにちがいない。

「——い…痛…っ」

耐えるつもりだった声を思わずもらしたとたん、忠影の動きがぴたりと止まる。

「お辛い…ですか……？」

必死に冷静さを保とうとしていても、かすれた声と荒く上がった息のせいで、忠影の方も自制と暴走の際《きわ》にいることがわかる。ここで自分が、痛いから止めて欲しいと言えばどうするつもりだろう。

夏月は身体の芯を貫く経験したことのない痛みと、そのなかに溶け混じっている発酵した蜜のような、濃厚すぎて正体がわからない感覚に戸惑いながら、口許を手の甲で覆ってうめいた。

「う…ん」

忠影は抱えていた夏月の左足を下ろし、静かに上体を折って顔を近づけると、そっとささやいた。

「——ここで、止めますか…？」

苦しそうに眉根を寄せた男の顔。汗ばんだ肌が月明かりを弾《はじ》いて艶《なま》めかしく輝いている。離れていても熱を感じる厚い胸板。心配そうに夏月の頬を撫で、ひたいに張りついた髪をかきあげてくれる大きな手。そのすべてが愛おしくて慕わしかった。

大好きな兄者、頼もしい側近、そして今宵からは契《ちぎ》りを交わした情人でもある。

「止め…な…、……いい、続け…」

唇をひとさし指の背に押しつけながら、なんとかそれだけ答えると忠影の顔に安堵が広がる。

「申し訳ありません、夏月さま。なるべく、やさしくしますから」

「うん」

「愛しています」

「う…ん」

「命に代えてもお護りします」

「わかっ…て…る」

ひと言ささやくごとに、忠影はわずかに腰を引いてから少し強く押しつけるという動きをくり返し、夏月のそこが収縮するのに合わせてじりじりと奥に進んでくる。

身体の内側に自分以外の存在が入ってくる未知の感覚に震えながら、それが昔からずっと自分だけのものにしたいと秘かに願っていた大好きな義兄の情熱だと思うと、痛みを伴った重苦しさすら甘やかな酔いに変わるような気がした。

「ひ……ぁ…ッ」

突然、これまでとは比較にならない勢いで忠影が腰を引いた。その瞬間、痛みではない、けれど強烈な何かが腰椎から頭頂へと駆け抜ける。まるで研ぎ澄ました刀剣が弾く光のような、危険なのに魅了されずにいられないもの。それが身体を重ねることで感じる愉悦《ゆえつ》の兆《きざ》しだと、夏月が気づいたのは、数え切れないほど抜き挿しをくり返されたあとだった。

「ぁあ……――、あぅ…っ、ん…くっ……うっ…」

引き抜かれて再び奥まで挿し込まれる間隔は、最初は長くゆっくりだった。夏月は熱く潤んだ自身の肉筒のなかを忠影の剛直が行き来するのをまざまざと思い知らされて、肉の交わりの生々しさと、それが生む悦楽の強さを生まれて初めてその身に叩き込まれた。

やがて律動の間隔がせばまり、ひと突きごとに強くなると、身体の下で粗い織り目の布団がよじれる。何度も布団で擦れた肩や背中が熱い。それ以上に、忠影を受け入れている秘蕾が信じられないほど熱くて、このまま身体の内側から灼けてしまうような気がした。

「た…忠影、好き……そな…たが…、愛し…ぃ…」

汗にまみれた腕を伸ばして首筋にすがりつくと、忠影は律動をゆるめて夏月の頬や目尻に唇を落とし、汗と涙をやさしく吸い取ってくれた。互いの息が熱く混じり合う。忠影のこめかみから流れ落ちた汗が、ぽつりと唇に落ちる。夏月がそれを舌の先で舐め取ると、口中に戻る前に忠影の舌に絡め取られてしまった。

深く唇を重ねたまま律動を再開されて、息苦しさと下腹部から広がる強い快感のせいで意識を失いかけた。手足がぶわりと温かくなり、自身が綿のように軽くやわらかくなった気がする。苦痛の一切ない桃源郷《とうげんきょう》。甘やかな至福。すべてが満ち足りていると安心できる瞬間。

「はっ、はぁっ…、あぁ…――」

腹の奥深くに熱い何かが広がる感触に意識を取り戻すと、目の前に忠影の広い胸が迫り、そのまま強く抱きしめられた。下肢はまだつながったまま、忠影はまだ腰をわずかに蠢かせている。けれど、先刻までの激しい動きに較べれば凪《なぎ》のようなおだやかさだ。それで夏月は忠影が自分のなかで想いを遂げたのだとわかった。

「あ……」

わかった瞬間、じわりと浸潤するような満足感と幸福感があふれ出す。嬉しくて幸せでたまらない。それをどう伝えていいのかわからないまま、目の前の首筋に唇を寄せて軽く嚙みついた。

頭上で小さく笑う気配がしたかと思うと、忠影が身体の位置をずらして夏月と視線を合わせる。

「夏月さま、平気ですか…？　どこか苦しい場所はありませんか」

夏月は汗に濡れた義兄の顔をうっとりと見つめ、自身の身体の状態を把握しようとした。けれどすぐに放棄する。どこもかしこも甘く痺れて、だるくて力が入らない。

「よく、分からない…。あとで、痛くなるもの…なのか？」

「そうですね。たぶん、何日か違和感が残るかもしれません」

「そうか」

ぼんやりと答えながら下腹部に意識を向けると、そこが濡れていることに気づいた。どうやら自分もまた吐精したらしい。急に恥じらう気持ちがよみがえり、もじりと腿を閉じ合わせようとしたけれど、両脚はまだ忠影の腰を挟んで大きく広げられた状態だ。さらに後孔には、少し勢いを減じたとはいえまだ充分に張りを保った忠影自身がしっかり入ったまま。

「忠影、その……、身体は本当に平気…なのか」

ようやく深く吸い込めるようになった息を何度かしてから訊ねると、忠影は珍しく照れた表情を浮かべた。

「夏月さまに煎じていただいた薬湯がよく効いたようです。けれど何よりも、こうしてあなたとつながれたことが天の秘薬にも優る薬になったようです」

「現金だな」と笑いながら揶揄《やゆ》すると、忠影は素直に「はい」とうなずいて再び腰を蠢かしはじめた。

「…！　まだ、するの…か……？」

驚いて訊ねると、悲しそうな顔でお嫌ですかと確認されて、夏月は「嫌ではない」と正直に答えた。

「その代わり」

忠影の瞳をじっと見上げて念を押す。

「夜が明けたら無かったこと…には、もうさせぬ」

二年前に一度、想いを告げられて唇接けを交わしたきり、無かったことにされた事実をなじると、忠影は困惑と心配とためらいが混じった瞳を揺らめかせた。

それは決して保身のためではない。すべて夏月を思っての逡巡《しゅんじゅん》だ。

「よろしいのですか？　私と契りを交わしたことを皆に気取られれば、夏月さまの立場に傷が…」

「かまわぬ！」

強くさえぎってから、夏月は口調を弱めて言い添えた。

「……忠影にも辛い思いをさせてしまうと分かっている。けれど共に耐えて欲しいのだ」

耐えてくれるか？　とささやくと、忠影は覚悟を決めた表情で力強くうなずいた。

「わかりました。たとえそれが修羅の道でも、私は常に夏月さまと共にあることを約束します」

固く誓いあったふたりは夜の底でふたたび睦みあった。

空が白み鳥がさえずりはじめるまで。

・大雨時行る《たいうときどきふ》・

皐月《さつき》の末。忠影とついに契りを交わした夜から数日後。

医師に扮した春成の見習いとして登城し、定例の報告を終えた夏月が三の丸に拝領した屋敷に戻ると、ちょうど江戸から戻ったばかりの伝令役が青い顔をして待ち構えていた。

「何があった」

人払いをして話を聞いた夏月は立ち上がり、すぐさま秋康の許に引き返した。周囲から不審に思われぬよう、そして前もって打ち合わせてあった緊急時の符丁として、春成の忘れ物を取りに戻った体を装い本丸御殿中奥の間に戻ると、異変を察した秋康はすぐに面会に応じてくれた。

「何事だ？」

「たった今、江戸藩邸から伝令が参りました。若君が、何者かにお命を狙われたと――」

「なんだとッ⁉」

見たこともないほど険しい表情を浮かべた秋康につめ寄られ、夏月は苦汁を飲む思いで、自身も聞いたばかりの事情を語った。

「三日前、若君の養育役として選ばれた佐々木嘉盛殿の屋敷が何者かに襲われました。嘉盛殿と妻のまつ殿は斬殺。居候に扮していた護衛役の水野主税《みずのちから》の働きによって、若君のお命は無事とのこと。しかし犯人は捕まっておらず、再度の襲撃の心配もあることから、下町に身を隠しておられると…」

「なぜだ!?　なぜ、佐々木の家に預けたことが知られたのだッ」

潜めた声の厳しさに、夏月は血の気が引く思いで答えた。

「お身内に、内通者がいるとしか——」

それが秋康と江戸の正室に関係した人物なのか、それとも夏月率いる夜見一族の誰かなのか、それともその両方なのか。夜見の者は決して内通などしませぬと、言いきる自信が夏月にはなかった。

十五郎は忠影に口止めされたのに、伏せっていることを夏月に耳打ちした。落ちこぼれ気味だったとはいえ、夜見の忍びとして鍛えられて育った男だ。それなりに口も堅い。それでも夏月が事実を知りたがっていると思い、それを伝えることが忠影夏月双方のためになると考えて打ち明けたのだ。

そこにあったのは幼なじみと、その弟分であり惣領でもある夏月への感謝と思いやりの気持ちだけ。

——秘密は、そうした善意からもれることもある。

そして二年前に黒川が妬み心から裏切ったように、人は損得だけでなく、感情に引きずられて容易《たやす》く道を踏み外すことがある。

密事の保ちがたさを憂いながら、夏月は深く平伏して秋康に提案した。

「この件に関しては、かかわる人間を極力少なくするしか方法はありませぬ。どうか私にお任せください。必ずや若君を安全な場所にお連れして、健やかにお育ちするよう手配いたします」

その日のうちに、夏月は忠影ひとりを伴い、江戸に向かって出立した。

留守の間の諸事万端は春成に任せてある。口うるさい部分や忠影に対する態度に関して思うことはあるものの、春成の上忍五家筆頭としての人望や、家中をとりまとめる手腕は見事なものだと夏月は認めている。十四のとき惣領屋敷に連れ戻されて以来、ずっと自分を護り導こうと努めてくれた彼を、夏月は忠影とは別の意味で信頼していた。

その春成は、先月末に夏月と忠影が結ばれた頃から少し雰囲気が変わったようだ。以前は夏月が忠影とふたりで影働きに出るなどと聞けば、あらゆる理由を並べ立てて反対していたのに、今回は多少苦い顔はしたものの、すんなり認めて送り出してくれた。珍しいこともあるものだと思いつつ、

『頼んだぞ、春成。そなたにならば安心して任せられる』

任務の内容は伏せたまま夏月がそう告げると、春成は奇妙な表情を浮かべた。揺らめく瞳の奥にはもっと別の何かがあったような気がしたけれど、読み取れたのはあきらめにも似た苦笑だけだった。

館林から江戸への旅程は健脚で一泊二日ほどだが、ふたりはほとんど夜も歩き通し、翌日の夕刻には江戸に到着した。夏月と忠影はその足で水野主税が潜伏している下谷の裏長屋に向かった。

賊に襲われた佐々木家から若君を連れて脱出した水野は、怪我を負いながらなんとか下谷界隈に身を隠すと、緊急時の連絡手段を使って事の次第を報せてきた。報せは市中の小さな薬種屋から仲買人を介して藩邸内につめている夜見の者に届き、そこから館林に急使が出されて夏月に伝わったのだ。

裏長屋に転がり込んだ水野は『妹が店の主人に手をつけられて子を生んだが、産後の肥立ちが悪く命を落とした。その上、悋気《りんき》に狂った主人の妻に子どもが見つかり、殺されそうになって逃げ出して

きた』などと巧みに作り話をでっち上げて、自分の怪我と乳飲み子の存在を周囲に納得させていた。

夏月がせまい棟割長屋の部屋に足を踏み入れると、近所のおかみさんが若君である赤子に乳をくれているところだった。怪我の手当てや身のまわりの世話もなかなか行き届いている。水野という男は秋康が自ら若君の守り役として指名しただけあって、有事に際しても機転が利くようだ。

町人女に扮した夏月は、警戒する水野に向かって秋康から直接賜った家紋入りの根付けを見せて安心させると、乳を飲み終わって眠りはじめた赤子を抱かせてもらった。おかみさんが部屋から出て行くのを待って産着をめくり、尻の蒙古斑を確認する。そこにほとんど消えかけた小さな彫り物痕を見つけて、確かにこの赤子は若君だと確信して安堵した。

この小さな標《しるし》——略式の源氏車——は、腕のいい職人の手によるもので、子どもが成長して蒙古斑《あざ》が消えるまでは痣にまぎれて気づかれない。赤子の頃はどこに標をつけても世話する者の目に入る。斑が消え標が現れる年頃には、本人に言い聞かせれば他人に見られないよう注意できる。それらを慮っての処置だ。生まれて間もない嬰児に針を刺すなど酷い仕打ちだと承知しているが、万が一、不測の事態が起きた場合と、将来出自を証明する必要が生じたときのための備えである。

「よくぞ、ご無事で…」

温かくてやわらかい。小さいのに腕にずしりとかかる重みは命の重さだ。初めて抱かれた相手にもかかわらず、むずがりもせずスヤスヤと眠る赤子のいとけない寝顔を見つめて、夏月は心から無事を喜んだ。そうして水野の労をねぎらい、佐々木家を襲ったという賊について訊ねる。

「どういった類の者たちでしたか？」

「ただの侍ではなかったと思う。身のこなしが素早く手慣れた様子で、……闇にまぎれる影のような独特な雰囲気があった」

水野が語る襲撃の様子を聞いた夏月は、若君が父母と信じて育つはずだった夫妻が赤子をかばって殺される場面の容赦のなさに、自分の身に起きた十六年前の夜を思い出してやりきれない気持ちになった。唯一救いがあるとすれば、自分はあの夜の情景を一生忘れることはないが、腕のなかで眠る若君は覚えずにすんだことだろうか。

憂いに沈んだ夏月の顔を、水野が何か言いたそうに見つめていたが、結局口にしたのは今後の計画についてだった。

「このまま市井《しせい》にまぎれてお育てするという道も、ありではないかと考えるようになった。もちろん敵方に見つからぬよう、住処を転々とする必要はあるが」

「水野殿、お気持ちはわかりますが、やはり若君の出自と将来を考えるとそれは難しいでしょう」

夏月はそう言って己の計画を話して聞かせた。水野は黙ってそれを聞き終えると、深く長い息を吐いて、「承知いたし申した」とうなずいた。

夏月はさっそく翌日から忠影に指示を出し、いくつかの大名屋敷を調べ、評判を集めさせた。忠影は渡《わた》り中間《ちゅうげん》や出入りの庭師、職人、商人などに扮して邸内に入り込んだり、町人たちの噂話を集めたり、ときには記録をたどって確認を取ったりしながら、夏月の要求に応える情報をかき集めた。ことは若君の安全と健やかな成長がかかっている。慎重に、そして念入りに調査を行わなければならない。

秘密がもれるのを怖れた夏月は、今回の計画は自分たちだけで遂行すると決めていた。水野が剣を握れるようになるまでは夏月が若君の側に居る必要があったため、忠影ひとりが聞き込みに当たっていたが、水野が回復すると夏月も評判集めに加わった。

そうしてようやく条件に合った藩邸が見つかる頃には、水無月も末に近くなっていた。その間、若君を抱えた水野は夏月の指示で二回、長屋を変えていた。もちろんそのつど名前と風体も変えて。


その日、夏月は計画通り町人の女に扮して赤子を背負い、選び抜いた大名屋敷――津《つ》藩上屋敷に向かって歩いていた。時刻は明六つより半刻ほど早い。折りよく深い靄《もや》が立ちこめ、姿を隠してくれる。夏月の後ろには、距離を置いて忠影が警戒しながら護りについている。

靄に溶ける白壁沿いを延々と歩き続け、ようやくたどりついた門前で、夏月は背負い紐を解いて赤子を腕に抱きしめた。ひと月近く毎日腕に抱いて世話してきた若君は、澄んだ瞳でじっと夏月を見つめたかと思うと、きゅっと小さな声を上げて笑顔を浮かべた。

夏月は別れの辛さと赤子に対する愛しさ、そして不憫さに胸を痛めながら、もう一度だけしっかりと抱きしめた。

――十六年前、父が私を隠れ郷の左衛門に預けるときも、こんな気持ちだったのだろうか…。

わずかひと月たらずの触れ合いにもかかわらず情が移って別れ難い。これが我が子であったなら、その辛さは筆舌に尽くしがたいだろう。父も、そして若君の生母である奥方も、我が子の命のために涙を呑んで手放したのだ。

「一日も早く母君に再会し、父君にお会いできるよう努めまする。若君もお元気で、どうかお健やかに…」

最後の別れを告げた夏月は、赤子を門前にそっと置いて小走りに逃げ去った。――去ったと見せかけて、離れた場所に置かれた天水桶《てんすいおけ》の影から成り行きを見守る。門前に置かれた赤子はしばらくすると心細さから泣き出した。その声に気づいた門番が四半刻も経たずに現れて、赤子を抱きあげる。門番はあたりを見まわし、やれやれといった風情で肩をすくめると、慣れない手つきで赤子をあやしながら門のなかに消えていった。

「計画の第一段階は成功だ。あとは期待通りに、藩邸内の河野《こうの》家に引き取られれば言うことはないのだが、これぱかりは蓋を開けてみないと分からぬ」

下町に戻った夏月が忠影に向かって溜息をもらすと、忠影は夏月を励ますように答えた。

「若君の運の強さを信じて、あとは邸内に入り込んだ水野殿からの連絡を待ちましょう」

夏月はそうだなとうなずいて両手を見つめた。そこにはまだかすかに、赤子の重さが残っているような気がした。

それから五日後。前もって、中間として津藩邸に雇われた形で潜入していた水野から『若君は無事、河野夫妻に引き取られ養子縁組整いました』という報せが届いた。

江戸では大名屋敷の前に捨て子があった場合、藩は子どもを拾い、責任持って養育または養育先を見つけてやる義務がある。ほとんどの赤子は幾ばくかの礼金をつけられて、世話人が探してきた養父母に渡されるのだが、稀に藩邸内で引き取り手がみつかることもある。

今回、夏月はその〝稀〟な例を狙ったのだ。捨て子の処遇に対する各藩邸の評判を集め、扱いに間違いがない藩邸を選ぶと、そのなかに最近子どもを亡くしたばかりの家臣がいないか調べた。そうして見つかったのが、件の津藩邸上屋敷だ。それに加えて、夏月は若君の産着にもひと工夫こらした。身元が分かるようなものは一切身につけさせないが、産着の質は上等なものを選んだ。貧しさが理由ではなく、裕福な商人か武家の子どもが訳あって置いていかれたのだと思われるように。

そして夏月の計画は狙い通りに運んだことになる。

あとは邸内に中間として雇われている水野に委ね、互いの接触は極力避けることにしてある。夜見一族、そして秋康の家臣団、どこに裏切り者がいるか分からない状態で定例報告など行えば、どこから秘密がもれるかわからないからだ。

津藩邸内に若君を預けたことは夏月と忠影、そして水野しか知らない。このことは当分の間、主君秋康にも明かさないことになっている。秋康が出来た人物であっても、父として、愛する妻との子を想う気持ちを完全に抑えることはできない。知ればどうしても気にしてしまう。言葉に反応し、視線が思わぬ手がかりを与えてしまう。

館林に戻った夏月が報告を終えた上でそう告げると、秋康は苦渋に満ちた表情で了承した。

「吾子が無事ならそれでいい。あとは内通者のあぶり出しか――。江戸から戻ったばかりで休む暇も与えず申し訳ないが、よろしく頼むぞ、夏月」

「はっ」

夏月は主君に対する忠義からだけでなく、若君の幸せを心から願い、必ず犯人を見つけると決意を固めたのだった。

・蒙《ふか》き霧《きり》升降《まとう》・

蟬の声が時雨れのように鳴り響く文月下旬。

夏月が忠影とともに江戸から館林に戻ってひと月あまりが過ぎた。夏月は氷雨虎次兄弟の動向に目を光らせ、彼らが側室一派に内通している気配がないか秘かに調べつつ、若君暗殺未遂事件の犯人捜しを精力的に進めていた。しかし、どちらも有力な証拠や証言、目撃談を探り当てたかと思うとひらりとかわされるという、焦れた状況が続いている。

こちらの手の内を読まれ先まわりされているような感触は、一族のなかに内通者がいることを如実に示している。それなのに正体が一向に見えてこない。それを不気味に思い、そして二年の間に培ってきた惣領としての自信が揺らぐのを感じながら、夏月は懸命に己を律していた。

そんな状態が続いていたある日、春成から朗報が届いた。

「明後日、さつきの御方が菩提寺への参詣にかこつけて、次席家老の黒田さまが谷越に最近建てたという別荘に立ち寄るそうです。茶を喫し、芝居を演《や》らせて楽しむのだとか。おそらくその場でさまざまな謀の相談や報告が為されることでしょう。その現場を押さえれば有力な証拠になるかと」

「それは千載一遇の好機到来ではないか。さっそく潜入の手はずを整えねば」

三の丸の惣領屋敷で春成から報告を受けた夏月は、逸る心をおさえて詳細を確認しようとして春成にさえぎられた。

「潜入の手はずは、すでにあらかた整っております。別荘で芝居を上演する一座には話を通してございますから、夏月さまは見習い役者として、私を含む他の何人かは道具係や衣裳持ちとして邸宅内に入り、そののち各所に潜んで彼らの会話を盗み聞けばよいかと。別宅の見取り図はこちらに」

「さすが春成だ。ずいぶんと手まわしがいいな」

「畏れ入ります」

何もかもお膳立てされた状態に奇妙な違和感を覚えたものの、褒められて嬉しそうな春成の表情を目にした夏月は、それは単なる杞憂にすぎないと自分に言い聞かせた。

そして二日後。

夏月は忠影と春成、そして春成配下の下忍ふたりを含めた総勢五人で芝居一座に扮してまぎれ込み、夕暮れ前に谷越の黒田家別荘へ向かった。付近一帯には赤や白、橙色の躑躅《つつじ》が咲き誇り、晩夏の夕暮れを華やかに彩っている。夏も終わりに近いせいか日が落ちると待つほどもなく暗くなり、涼を含んだ風が昼間の熱を払って吹き過ぎていった。

黒田家の別荘はさほど広くはないが、篝火《かがりび》に照らされた庭は築山《つきやま》や池が美しく見応えがある。

その庭に設えられた舞台で芝居が上演されている間に、忠影と春成配下のふたりの下忍が邸内に忍び込み、春成と夏月は一座の下働きから、紬の小袖に袴というこれといって特徴のない恰好に改め、別荘警護の任についている番士になりすます手はずになっていた。しかし。

芝居の始まりを告げる開演の拍子木が鳴っても、舞台に役者は上がらず、代わりに松明を手にした番士たちが、輪を成して夏月と春成を取り囲んだ。今宵は新月。闇が濃い分だけ、篝火の明かりが禍々しく照り映える。

「捕らえよ」

輪の外側から聞こえた声は次席家老のものではない。だが聞き覚えはある。それが誰の声だったか思い出そうとしながら、夏月は春成と背中合わせで懐から小刀を抜き、息を合わせて番士たちに斬りかかった。

「傷をつけるな！　生け捕りにしろッ」

番士たちの怒号に混じって、邸内の一画から似たような騒ぎが聞こえてくる。あのあたりは忠影たちが潜む手はずになっていた場所だ。

「なぜだ…!?」

夏月は襲いかかってきた番士の目元を鮮やかな手つきで一閃し、返す刀で背後からつかみかかろうとしていた別の番士の喉を切りつけながら、視界のすみで春成を探した。

——なぜ、待ち構えていたように番士たちに囲まれたのか。忠影たちが潜伏した場所は自分たちしか知らないはずだ。それなのにどうして、こんなにも早く見破られたのか。

切り払っても切り払っても際限なく押し寄せる番士たちの数に息が上がり、周囲で目まぐるしく動きまわる松明の炎に目がくらみかけたところを、背後からぼんのくぼを強打されて夏月はよろめいた。

それでも崩折れる寸前で踏みとどまり、目の前に突き出された両腕を斬りつけて退けた次の瞬間、今度は甘苦い匂いのする布で口と鼻を押さえつけられて、夏月はたまらず意識を失った。

目覚めは最悪だった。

吐き気と頭痛が押し寄せて目を開けることすら苦痛で、思わずうめき声をあげると、口許に煙管《きせる》を銜《くわ》えさせられ、苦くて甘ったるい煙を胸いっぱい吸いこむよう強要された。

それがなんであるか思い至る前にひと口吸ってしまう。とたんに頭痛と吐き気が遠のいたことに気分をよくして、ふた口三口と吸い続けた。吸うほどに、極上の酒を気持ちよく飲んだときのような、酩酊感《めいていかん》と多幸感につつまれる。さらに身体の芯が熱く燃えるような、疼くような、笑い出したくなるほどの気持ちよさと興奮が生まれる。それは禁制の阿片のせいだと、たとえ最初に気づけたとしても、どのみち吸わずには許されなかっただろう。

「そのくらいにしておけ。あまり前後不覚になられても面白くないからな。ああ、両手は縛っておいた方がいいな。縄の端は柱につないでおけばいい」

聞き覚えのある声に、夏月は意味もなく笑いながら蕩《とろ》けてくっつきそうなまぶたを無理に開いた。

「は…春成……？　ここは、どこだ…？　いったい、何が起きたん…だ…」

まるで最初から仕組まれたように待ち伏せを受けて襲われ、意識を失ったあとどうなったのか思い出せない。しかし、一緒にいたはずの春成が無事な様子でいるということは、襲撃者を撃退できたということか。

　それなら何も心配することはない。そう、すべては上手くいくはずだ。

　気分がふわふわと浮き立って大きくふくらみ、疑問や心配といった鬱陶《うっとう》しいものは思いつくと同時に霧散《むさん》してゆく。なんとかなるという根拠のない自信と楽観に微笑みながら、それでも残る気がかりを口にする。

「忠影は…」

　どこに？　と訊ねかけて、自分の両手が縛《いまし》められていることに気づく。とたんに心の臓がドクンと大きく跳ねた。なぜという疑問が、早鐘のような鼓動と一緒に頭の中で鳴り響く。

「まさか…――」

　夏月は頭上でひとつに括《くく》られ、どこかに繋ぎ止められている両腕を懸命に引っぱりながら、改めてあたりを見まわした。すぐ近くで燃えている行灯《あんどん》の明かりがまぶしくてよく見えないが、天井はどうやら普通の板張りではなく、剥《む》き出しの岩のようだ。左右は衝立《ついたて》が立てられ、その向こうにはふすまの上部が見えるから、隣にも部屋があるのかもしれない。床は畳敷で、その上に敷かれたひと組の布団の上に夏月は寝かされている。

　部屋の広さは六畳ほどで、覆い被さるように夏月を見下ろしている春成の他に、ふたりほど見覚えのない中年の男が脇に控えていた。

　頭の側は床の間作りになっているが、足の方は一面が開けて、直接土間に降りられるようになっていた。一間半ほどの土間を挟んだ向かい側は、暗くてよく見えないが、どうやら太い木の格子が嵌められた岩牢のようだ。夏月のそばで燃えている行灯の明かりは、向かいの岩牢までは届かない。それでも牢のなかで蹲る人影は見分けられた。

どうやらここはどこかの家屋敷のなかではなく、洞窟か何かを利用して作られた場所らしい。見慣れない部屋。自由にならない両腕。奇妙な余裕をたたえた春成の笑み。

それらが指し示す意味を見つけようとして、夏月はぐらつく頭を懸命にたて直そうとした。

「は…春成、腕を解いてくれ。それに忠影はどこに？　あの牢のなかにいるのが彼ではないのか？」

牢のなかをよく見ようと頭を上げかけて、ひどい眩暈に襲われてふたたび布団に倒れこむ。

そんな夏月に覆い被さるように、春成が身を寄せてきた。そのまま夏月の帯に手をかけて、するりと解きながら能面のような冷たい笑みをうかべた。

「あとで解いてさしあげますよ。それに忠影のことは心配ありません。あの男なら、それあそこに」

ふり向いた春成が顎先で示すと、脇に控えていた男のひとりが手燭をかかげて向かいの牢に近づいた。光が牢のなかを照らし出す。

「忠影…！」

悲鳴じみた夏月の叫びに、剝き出しの地面に蹲っていた忠影が苦しげに身を起こした。

「ぅ…――か、夏月…さ…ま」

張りのないかすれた声と脂汗がにじんだ額、格子にすがらなければ身を起こしているのも辛そうな

様子から、彼がひどい怪我を負っていることがわかる。よく見ると左手で押さえている右わき腹のあたりがぐっしょりと濡れて、わずかな光を受けた指が真っ赤な血で染まっている。

「忠影、怪我を……ッ」

全身の血が煮え立つような怒りと焦燥に襲われて眩暈がする。そんな夏月を、忠影は息も絶え絶えな様子で案じた。

「夏…月さま、ご無事…です……か？」

夏月は春成に向かって怒鳴りつけた。

「春成！　何をしている！　どうして忠影をあんな場所に放っておくのだ⁉　すぐに牢から出して手当てを——」

まくしたてた言葉は、帯を引き抜かれて長着を割り広げられ、露わになった胸を春成の両手で揉みしだかれた瞬間、途切れた。

「春成…何を、なんのつもりだ…——？」

答えを知りたいわけではなく、相手を責めるための問いを口にしながら、身をよじって逃れようとした夏月の腰に春成は馬乗りになった。そうやって抵抗を封じると、いやらしい手つきで胸を捏ねながら耳元に唇を寄せてささやく。

「あなたはいつもあの男のことばかり気にかけておられた。そんなにあの男が好きですか？」

耳朶《じだ》に触れた吐息が熱い。湿り気を帯びたそのささやきに背筋が震える。夏月は顔を背けようとして許されず、無理やり春成の方を向かされてむごい宣告を受けた。

「ですが今日からは、私のことだけ考えるようになる。あの男のことを恋うているのに私に抱かれて、感じてよがって、その罪悪感に悶えながら悦楽に流されるようになる」

上忍五家の中でも筆頭の家柄に生まれ、近侍頭として家臣たちの信頼も篤《あつ》く、忠影を別にすれば最も頼りにしていた男の口から次々と放たれる信じがたい言葉に、夏月は耐えきれず声を荒げた。

「止めよ…ッ、春成！」

「そう。最初はそうやって抵抗すればいい。悲鳴を上げて逃げ惑うのも一興。しかし、やがて身体が受け入れるようになる。——…ほら、ここをこうやって触られるとゾクゾクするでしょう？」

夏月の制止と疑問など歯牙《しが》にもかけず、春成は下帯を手のひらですっぽりと覆い、そのまま前後に動かしながら中指に力をこめた。布越しにやわやわと性器を刺激されたとたん、夏月の全身から汗が噴き出る。そこで蠢く春成の指の一本一本を強く感じてしまう。覚えのあるむず痒さと、痛い場所を突かれたような刺激に喉がひくつく。

あっという間に鼓動が乱れて息が上がり、腿のつけ根が汗ばみはじめた。それは一族の惣領である自分が、信頼していた側近から凌辱《りょうじょく》されようとしているという、信じたくない現実を突きつけられた衝撃のせいだけでなく、目覚めてすぐに吸わされた甘苦い煙管のせいにちがいない。

「——…やっ、やめ…ぁ……くっ」

思わずもれた自分の声の淫《みだ》らさに、夏月は唇を強く噛んで目を閉じた。

「夏月さま……ッ」

声にならない、うめきにも似た忠影の必死な呼びかけに心が張り裂けそうになる。

「春成…、止めて…くれ」

怪我をした忠影が牢に囚われ苦しんでいるのに。裏切り者の手でそこを少し弄《いじ》られただけでたまらない気持ちになるなどと、認めたくない。けれど執拗に繰り返されるうちに、一度だけ忠影にしてもらったときのことがよみがえり、無意識に腿を閉じようとして春成の腰に阻まれる。

「止めてくれ？　自分に正直になったらいかがですか夏月さま。気持ちいいと認めれば楽になる。今はこうして腕を縛られて必死に抗おうとしていますが、そのうち自分から私にしがみついてくるようになる。私の姿を見ただけでここを勃《た》たせて、淫らに脚を開くように」

「そんなことにはならないッ！　誰が…貴様になど…ッ、この…裏切り者！　裏切り者…ッ!!」

忠影を傷つけ、自分を凌辱しようとしている。最悪の形で裏切られた悔しさと腹立たしさで胸が燃え千切れそうだ。

苦手な部分はあった。忠影を嫌い、蔑視する態度に困惑もしていた。けれど信じていたのに。父の代から常に夜見惣領家のために仕えてきた春成が、まさか自分を裏切るなどと考えもしなかった。

「裏切り者…！」

くり返される罵倒《ばとう》を、まるで甘美な睦言でも聞くように受け止めた春成の手で、下帯が取り去られてしまう。異様な状況にもかかわらず、そこは憎い男の愛撫を受けて半勃ちになっていた。春成は笑いながらそれを揶揄して、固くなりかけた陰茎と嚢《ふくろ》をなぞるように撫で上げ、その奥に隠されていた小さなすぼまりに指先を這わせた。

触れられたとたん、痒くてたまらなかった場所を掻いたときのような得も言われぬ快感に包まれて、夏月は身悶えた。身震いしながら思わず閉じようとしたその場所に、春成の指が容赦なく入ってくる。

「やめ…っ、そこは嫌だ……！　春成…ッ」

身をよじって抗う夏月の右脚を左手で抱えながら、春成は右手の指を根本近くまで後孔に挿し込んだ。夏月がひと言抗うたびに、なかで曲げたり、そのまま出し挿れしたり、ぐるりと抉るようにまわしたりする。そこを指で開かれるのは初めてではない。けれど忠影はもっと慎重で、気遣いに満ちあふれていた。

「気持ちいいと言いなさい、夏月さま。私に触られて気持ちいい、幸せだと」

「誰が言うか……っ！」

「あの男の命がかかっていても？」

「…──ッ」

大量に血が流れ出すぎたせいで、すでに半分意識を失いかけた忠影を視線で示されて、夏月は後孔にねじこまれた指をびくりとしめつけた。無理やり昂《たかぶ》らされた血の気が一気に引いてゆく。

「あの男が大切で命を助けたいなら、私の言う通りになさい」

「……言うことをきけば、忠影を助けてくれるのか？」

「ええ。あなたが素直に身体を開いて私に奉仕するなら、怪我の手当てをして食事も与えましょう」

この状況で他にどんな選択肢があるというのだ。

自分の名を呼ぼうとして果たせぬまま、力尽きたように地面に崩れ落ちようとしている忠影の姿を見つめた夏月は、目を閉じて大きく息を吸いこむと、覚悟を決めて春成の欲望に従うことを誓った。


「もう我慢できませんか？　ならばそろそろ挿《い》れて差し上げましょう」

両手の指を使ってさんざん弄くりまわしていた後孔から顔を上げた春成が、尊大な表情で宣言する。

そこに忠影の剛直を迎え入れたときの感触を思い出した夏月は、ひくりと喉を鳴らして無意識に脚を閉じようとした。

「誰が脚を閉じていいと言いました。言うことがきけないのなら、あの男の命は」

「わあ…った。わか…わ…かっら……」

後孔を指で解《ほぐ》されながら、阿片混じりの媚薬をさんざん塗りこめられたせいだろう。呂律《ろれつ》がまわらない。舌と頭は甘くしびれ、視界はゆがんで靄《もや》がかかっている。まるで蜜壺に落ちた虫のように自由にならない重い両脚を大きく広げて、夏月は春成を迎え入れた。

着物をはだけて見せつけられた春成の逸物は、忠影より見劣りするものだったが、長さは少しだけ勝っていた。完全に勃ち上がったその切っ先が、溶けた膏薬でぬるついて小刻みな開閉をくり返しているすぼまりに押し当てられる。そのままためらうことなく、春成自身が一気に入りこんできた。

「あ…ぁあ――――…ッ！」

亀頭部分の張り出した鰓《えら》が、媚薬で感じやすくなっている肉筒を容赦なくこすりながら、夏月の身体の奥深くまで進んでゆく。その刺激のすさまじさに夏月は声を上げ、すぐにはしたない自分を恥じて歯を食いしばった。

「んっ…く…、う…ぅ――」

それでも春成が抉《えぐ》るように腰を進めるたびに、こらえきれない声がもれてしまう。

やがて納得いく場所まで自身を進めた春成が、満足そうな吐息をもらして動きを止めた。

「ああ…、夏月さま。わかりますか？　あなたと私は今、ようやくひとつになれた。この瞬間をどれほど待ち焦がれていたことか…。あなたのなかは思った通りに素晴らしい。熱く潤んでやわらかく、それなのにきゅうきゅうと私を喰いしめて離さない」

言葉にされると、否が応でも忠影以外の男に抱かれている事実と向き合わざるを得ない。

好きでもない男の性器を受け入れさせられた絶望とは裏腹に、それがもたらす刺激は息を飲むほど心地いい。快感のすさまじさに身体が正直に反応してしまう。――心を置き去りにして。

抽挿《ちゅうそう》がはじまると愉悦はいっそう深まる。夏月は両足で畳の表面を何度も蹴りあげ、胸を喘《あえ》がせた。

「あ…う……、ひぁ…――あ…んッ、は…あぁ…、は…ぅッ…――」

「ずっとこうしたかった。私がどれほどこうしたかったか、あなたは想像もつかないでしょう。何度も夢のなかであなたを犯した。前からも後ろからも、獣のように這いつくばらせて思う存分嬲りつづけて、私の子種であなたの腹の中を満たしてやった。これからは、夢に見たすべてを全部本当にできる、こうやって…」

言いながら春成は夏月を抱きしめて腰を深く押しつけ、淫靡《いんび》に蠢かせた。

「く…狂ってる、おまえは…狂ってる……ッ」

「ええ。あなたを愛しすぎておかしくなりました。夏月さま、心からお慕いしております」

耳朶に吹きこまれるささやきは情人への睦言のように甘い。けれど下半身は、盛りのついた獣のように容赦のない腰使いが延々とつづく。肉筒がこすられるたび、そこがじんじんと疼いて腫れぼったく充血してゆく。そうやって敏感になった場所をえぐるように抜き挿しされて、そこは次第にぬるぬるとぬめりを帯びた、男の欲望を受け入れるための器官に変えられてしまう。

春成は夏月の後孔に突き立てた逸物を、ぬるりと抜き出しては挿入するという行為をくり返した。回数が増えるごとになめらかさが増して、ぬちゅくちゅという恥ずかしい粘着音が響きわたる。

「あっ…あっ、あぅ…うっ、くっ……んぅ、あぁ…ぁ！」

「ああ…夏月さま。あなたのなかに私の子種を注いで差し上げましょう。あなたが女ならきっと孕《はら》んでしまうくらいたっぷり。いきますよ。さあ、覚悟はいいですか？　出しますよ、ああ出る…！」

春成は普段の冷静さからは思いもつかないほどあられもない言葉を口にしながら、夏月の腰を指先がめりこむほど強くつかむと、陰嚢が尻朶につくまで密着させたまま、積年の想いを夏月の腹腔内にぶちまけた。春成自身がびゅくびゅくと蠢くたび、己の身体の奥深くに忠影以外の——唾棄《だき》すべき裏切り者の——灼熱の精汁が打ちこまれ、なかをどろりと浸潤してゆく。

愛する忠影が見ている前で、忠影以外の男に抱かれて愉悦を覚え、そのあげく穢《けが》されてしまった。

夏月は絶望のあまり身悶えてうめいた。

「ぃ…や、嫌…あ……ぁ」

春成が吐精したばかりにもかかわらず、ほとんど萎えていない逸物をずるりと引き抜いて身を離すと、まるで待ち構えていたように衝立の向こうのふすまが音もなく開いて、ふたりの男が現れた。

瘦せて青白い顔をした陰気な男と、巌《いわお》のような大男。あれは…——、

「氷…雨殿と、虎次…殿…!?　まさか、そんな……」

春成はただ裏切っただけでなく、彼らと手を組んだというのか。夏月がどれほどこの異母兄たちに迷惑をかけられ苦々しく思っていたかを知りながら、己の欲望を叶えるために手を組んだというのか。

「春成…きさま、どこまで下種《げす》に成り下がったのだ」

両手を縛られたままの夏月は、男たちから急所を隠すためうつ伏せになり、顔だけ上げて春成を睨みつけた。動いた拍子に後孔から、注がれたばかりの熱い粘液がどろりともれ出て悔しさが増す。

「ええ、彼らの協力なしであなたをこの手に抱くのは難しかった。ですからその礼として、おふたりにもあなたを抱く権利を譲ったんです。私としては非常に辛いのですが、これればかりは仕方ありません。ふたりが済んだらまた私の番です。楽しみに待っていてください」

そう言いつつも、春成はそのうち氷雨と虎次を殺してしまうのではないか。そうして夏月を自分だけのものにして、地獄の果てまで嬲り尽くすつもりではないか。そんな気がして、思わず夏月の背中に怖気が走る。

後半は内緒話のように声を潜めて言い含めた春成を、夏月は化け物を見る思いでみつめた。

「う…そだ…」

春成だけでも気が狂いそうだったのに、そのうえ忌むべき異母兄ふたりに犯されるというのか？

夏月は救いを求めて忠影が囚われている牢に目を向けた。けれどそこは闇に沈んで何も見えず、気を失ってしまったのかうめき声ひとつ聞こえない。大声で名を呼んで、生きているか確認したい。そして助けてくれと叫びたかった。けれどいっそ気を失ったままでいて欲しいとも思う。

夏月の懊悩《おうのう》に気づいた氷雨が、立ち上がった春成の代わりに夏月の傍らに腰を下ろしながら、顎をしゃくって虎次に命じる。

「あの男の姿がこちらからも見えるように、蠟燭《ろうそく》を立てて来い。気を失っているなら水でもぶっかけて起こしてやれ。せっかくの余興だ。見るだけでも参加させてやろうじゃないか」

「止めて…ください、氷雨殿。忠影は怪我をしている。水などかけたら、死んでしまう…ッ」

すがる眼差しで異母兄をふり返ると、氷雨はにんまりと蛇のような笑みを浮かべて舌なめずりした。

「そうだな。早く手当てをしてやらなけりゃ、水をかけなくても死んじまいそうだ」

「氷雨…殿…」

「なんだ？」

春成は恋敵《こいがたき》として忠影を憎んでいるが、氷雨と虎次は夏月を嫌っていても忠影のことは単なる近侍としか思っていないはずだ。春成に懇願するより、まだ少しは望みがあるかもしれない。芥子粒のようにほんのかすかな希望ではあるけれど。

「——お願い…です。忠影を助けてください」

虎次が格子に吊した手燭の明かりは、力尽きたように地面に伏してぴくりとも動かない忠影の姿を照らし出している。早くしなければ本当に命が尽きてしまうかもしれない。

「そうだな。おまえが素直に抱かれて俺たちを充分満足させることができたら、あの男を助けてやろう。少しでも嫌がったり気の抜けた反応をすれば、それだけあの男の命が危うくなると肝に銘じろ」

加虐の喜びに笑みを浮かべながら、氷雨は着物の前をくつろげて下帯を外すと、醜い陰茎を取り出して夏月の唇に押しつけようとした。

「氷雨さま、そこはまだ私も手をつけておりません。最初に私が味わったあとにしていただけますか」

すかさず、部屋の隅に退いていた春成から制止が入る。

「む…。うむ、仕方ないな。ならばここはあとの楽しみに取っておくか」

どういった条件で協力関係を結んでいるのか、氷雨は不承不承といった態度ではあったが春成の言い分を受け入れた。

「上の口はまだまだおぼこいでしょうから、まずは下の口を楽しまれた方がよろしいかと。さほど慣れた様子はありませんが、秘薬の助けもあるせいか、なかなかの名器でしたよ」

「おお、そうか。ではこちらの口はそなたの調教が終わってから堪能するとしよう。――どうした夏月、泣いているのか？　軽蔑《けいべつ》していた異母兄たちに犯されるのが悔しいか？　情けないか？　俺たちはお前の澄ました顔が恥辱と被虐の悦びで歪《ゆが》むさまを夢見て、この二年間の屈従に耐えてきたのだ。今宵は存分に積年のうらみを晴らしてやるから覚悟しろ。なに、素直になって快楽に身を委ねれば、おまえも楽しむことができる」

氷雨は粘着質な性格そのままに、しつこい舌使いで夏月の全身を舐めまわし、ときに強く噛んで痕をつけた。特にふたつの乳首には執着を見せ、小さく慎ましやかだったそこが、最後には真っ赤に充血してぷくりと腫れあがるほど嬲られた。あまりに何度も噛まれ、指でつままれたり擦られたりしたせいですり切れて血がにじみはじめると、阿片を混ぜた膏薬を塗りこまれた。媚薬にもなるそれを使われると痛みが嘘のように引いて、代わりに淡い痺れと掻痒感が生まれる。それはわずかな刺激で快楽に変わり、夏月を身悶えさせた。

同じ膏薬を後孔にも使われ、夏月は次第に正気を失っていった。

春成よりも長い時間をかけて夏月の身体を堪能した氷雨が離れると、次は虎次の番だった。

川辺に打ち捨てられた魚のように、汗と精液でよごれた布団にぐったりと突っ伏した夏月の身体を、虎次は無造作に裏返して獣のように這わせて尻を上げさせると、背後から野太い剛直を突き入れた。

虎次の逸物は、長さはさほどでもないが太さは三人のなかで一番だ。それがふたりの男を受け入れて綻《ほころ》んだ襞口《ひだくち》をいっぱいに押し広げる。今にも裂けそうなほど含まされて、夏月はうめいた。奥までたっぷり塗りこめられた媚薬のせいで苦痛はほとんどない。けれども尋常ではない異物感と、腹が重くなるほどの充溢感のせいで、深く息を吸うことができない。

虎次はときどき雁首まで引き抜いて膏薬を塗り足しながら、ゆさゆさと夏月の身体を揺すぶった。浅い呼吸をくり返しながら、夏月は一刻も早く虎次が逐情《ちくじょう》するよう努めた。懸命に腰をふり、ときどき引き絞るように力をこめて男の陰茎を刺激する。

早く、一刻も早く。忠影が手当てを受けられるように。

息を吐いて力をゆるめ、傍若無人な雄の侵入に身を任せた。手首を括られたまま布団についた両肘が、抽挿のたびに前へ進み後ろにもどる。突かれる勢いの方が強いせいで、次第に布団の縁《へり》まで押されてしまうと、深くつながったままわき腹を強くつかまれてずるずると引きもどされ、再び縁まで追いこまれてゆく。虎次の責めは一見、ただ力任せに打ちつけているだけに見えるが、さすがに十三、四歳の頃から下働きの女や遊女に手をつけまくっただけのことはある。緩急のつけ方や、どこを擦れば男の身体が悦ぶか熟知していた。

阿片混じりの媚薬の効き目もあり、氷雨相手に二度、虎次相手に一度、夏月は暗い愉悦に喘ぎながら吐精した。心はひたすら忠影のことを想っているのに、身体は激しい快楽に喘いで狂喜している。

そこを熱くて硬い肉塊でこすられながら前をやんわり揉みしだかれると、たまらない心地になる。

「あ…あぅ…っ、あ…、も……もう…」

「なんだ、俺より早く、また気をやるつもりか？　はしたないヤツめ。淫乱な弟だ。皆の前では取り澄ましていたおきれいな顔の下に、こんなに淫らで浅ましい本性が隠れていたとはな」

身体だけでなく、言葉でも嬲られ辱《はずかし》められて、夏月は自然にあふれ出る涙をこらえることができなかった。涙ばかりか、唇からもれ出る浅ましい願いすら止めることができない。

「ぁ……お、お願…い、も…もう、往《い》かせ……」

「往きたいなら、もっとちゃんとねだってみろ。『虎次兄さまの尊い魔羅《まら》で、夏月をついてください』ってな」

さすがにそんな浅ましい言葉は口にできない。唇を強く噛んだ夏月の頭上で虎次がさらに言い放つ。

「言わなければいつまでもこのままだ。俺はひと晩でも気をやらずにお前を犯しつづけていられる。その間にあの男の命が尽きてしまうんじゃないか？　俺はそれでも構わないが――」

「…――！」

それだけは止めて欲しくて、涙がこぼれる。頬を伝って唇に流れこんだ涙の塩辛さを舌で感じながら、夏月は口を開いた。

「…つい…て、突いて…ください、虎次兄さまの立派な…魔羅で…お、犯してくだ…さい」

「もっとだ、もっと淫らに誘ってみろ。俺が悦ぶように」

虎次はそう言って、夏月にどう言えばいいのか耳打ちした。

舌を噛み切って果てた方がましだと思うほどひどい言葉の数々を、夏月はただ忠影の命を救いたい一念で口にする。

「夏月の……浅ましい淫乱な尻孔を犯して、往かせてください。夏月の身体は兄さまのもの…、好きに使って、弄んでください。夏月は虎次兄さまと氷雨兄さま、そして春成の性奴です。この命が尽きるまでご奉仕いたします」

声に出して言ううちに、夏月の中に奇妙な感情が芽生えはじめる。まるで本当に自分がそれを望んでいるような、危うい錯覚。夏月は小さく首をふってそれをふり払い、鸚鵡《おうむ》のように、ただそう言うようにと強要された言葉をくり返した。

「…なんでも言うことを聞きます。どんな淫らな行為も、悦んで受け入れます…——」

だからどうか、忠影の命だけは助けて……。

「ふん、そうか。そんなに男が欲しいのか？　俺たちに犯して欲しいか？」

「はい…。いやらしい夏月の孔をぐちゃぐちゃにしてください…。兄さまの子種をいっぱい注いで、あふれるほどたくさん、何度でも——」

目を閉じたまま、譫言《うわごと》のように淫らな言葉をくり返していると、ふいにすぐ側に人の気配を感じてまぶたを上げた。

「春成…」

「虎次さまばかり、そんなふうに熱心に求められると妬《や》けて仕方ない。そんなに男が欲しいなら、その唇で私のこれも慰めていただけますか？」

着物を羽織ってはいるが下帯は外したままの春成が、獣の恰好で背後から犯されている夏月の眼前で胡座をかいて、隆々と勃ち上がった逸物を示す。

「そ…んな、約束が…ちが……」

氷雨と虎次を満足させたら忠影の手当てをしてくれる約束だ。

絶望と怒りに歪んだ目で睨みあげた夏月の頬を、春成は両手でそっとはさんで顔を寄せ、噛んで含めるように言い聞かせた。

「虎次さまが往くまでの間に、この唇で私を往かせることができたら、手当てしてやりましょう」

「本当に…？」

「ええ。他ならぬ愛しい夏月さまの頼みです。傷の手当てだけでなく、水と食事も充分与えてあげましょう。いかがですか？」

頭が冴えた状況でも、それに抗うことはできなかっただろう。ましてや今の夏月は、阿片混じりの媚薬を大量に使われて正気を失いかけている。獣欲を滾《たぎ》らせた男たちの命令に従うほか、大切な人を救う方法はなかった。

夏月は抽挿を再開した虎次に背後から激しくゆさぶられながら、目の前で胡座をかいた春成の股座に顔を伏せて、すでに先走りの粘液を滴《したた》らせている陰茎に舌を這わせた。忠影との、たった一度だけの経験からおぼろげに思い浮かぶ、男ならこうすれば悦ぶだろうという場所を舐め、唇で食んで刺激する。心も身体も汚辱《おじょく》にまみれて、頭のなかは泥土のようにぐちゃぐちゃだ。

春成に言われるがままに唇を大きく開いて喉の奥まで性器を迎え入れながら、これが忠影のものならどんなにか愛おしく感じるだろう…と思い、直後に、そんなことを考えた己の浅ましさにうめいて涙がこぼれる。

「う…ぅむ……、む…ぐぅ……んう…ぅ」

背後からの突き上げが激しさを増し、技巧をこらさなくても、その振動だけで口いっぱいに頬張った春成自身を悦ばせることができた。

──早…く、早く往って…、お願いだから、早く……。

肉の凶器で喉奥を突かれる苦しさと吐き気をこらえながら、夏月はただひたすらに願い続けた。

やがて永遠に続くかに思えた責め苦もようやく終わりが近づく。

「うお…っ、おぅ…！　いくぞ、憎い弟の腹に兄の子種をぶちまけてやる！　覚悟しろ夏月、おまえはこの先一生俺たちのものだ…っ」

先に虎次が、獣のような咆吼《ほうこう》をあげながら夏月のなかで逐情する。聞くに堪えないおぞましい宣言とともに、ひときわ強く腰を打ちつけられた瞬間、肉筒の奥深い場所でびゅくびゅくと亀頭が跳ね、信じられないほど大量の精液が放たれた。

「──…っひ…ぅ」

すでにふたり分の精を放たれた夏月のそこは、注ぎこまれた大量の白濁を受け止めきれない。下腹を引《ひ》き攣《つ》らせ、手足を痙攣《けいれん》させた夏月の姿を虎次は面白がった。そうしてえぐるように腰をまわし、最後のひと滴まで夏月の肉筒に絞り取らせてから、何度か腰を前後させる。その動きにつれて含みきれなかった白濁が恥ずかしい音を立ててにじみ出し、尻朶から腿へと伝い落ちてゆく。

ようやく満足した虎次が野太い逸物をずるりと引き抜くと、夏月のうなじから後頭部にかけて、痺れるような震えが走った。息が止まるほどの刺激が快感なのか苦痛なのか判断もつかない。

けれど身体は、肉筒を支配していた重苦しい充溢が粘膜をこすりながら出てゆく衝撃を悦びとして受け止めた。その証《あかし》に夏月は目もくらむ酩酊感とともに精を放っていた。

「ぁう……ッ」

「なんです、私より先に往ったのですか？　夏月さまは本当にこらえ性のない淫乱ですね。こんな淫らな人間に我が一族が率いられてきたとは…」

わざとらしくため息をついた春成に侮辱されて、夏月は思わず顔をあげた。

「や…め、言う…な……」

「誰が口から離していいと言いました。私が往くまで、この唇を他のことに使うのは許しません」

春成は夏月の抗議をぴしゃりと叩き落として両頰に手を添え、ふたたび大きく開かせた口腔に己の欲望を押しこんだ。そうしてそのまま頭を抑えつけガツガツと上下させる。

夏月は歯を立てて春成の機嫌を損ねないよう必死に唇を大きく開きつづけた。喉の奥まで犯し尽くされ、しまいには仰向けに押し倒され、鼻や頰に春成の叢《くさむら》があたるほど強く股間を押しつけられる。

夏月は窒息の恐怖に怯《おび》えながら、春成が放った飛沫《しぶき》を喉奥に直接浴びて必死に飲み下す。息をするにはそれしか方法がなかった。苦くて饐《す》えた匂いのする汚液を何度も喉を鳴らして飲みこんでゆく。人としての矜持《きょうじ》も、夜見一族惣領としての誇りも、その瞬間に崩れ堕ちて恥辱にまみれた。

――…今さら…何を惜しむ。

矜持と誇りが大切なら、春成に犯された時点で舌を噛み切っていればよかった。それをしなかったのは夏月が人として、惣領としての有り様よりも、ただひたすらに愛する忠影に生きていて欲しいという願いを優先したからだった。

忠影に生きていて欲しい。彼を失って生きる人生など考えもつかない。彼さえ生きていてくれるなら、自分は地獄の底に堕《お》ちてもかまわない。たとえそれが出口のない淫獄の底でも――。

続く数日間は、夏月の覚悟と忠影の忍耐を試される日々となった。

忠影は約束通り手当てを施され、当面の命の危険は脱した。しかしそれは忠影にとって、さらなる苦しみのはじまりとなった。

目の前で命よりも大切な愛しい人が複数の男たちに犯され、散々に弄ばれているのに、それを見ていることしかできない。その苦しさは腹を引き裂かれ、五臓六腑《ごぞうろっぷ》を引きずり出されて千切られた方が遥かにマシなほど、気が狂うほどの光景だった。

最初は、牢に囚われている忠影に向かって「見ないで…」と泣きながら懇願していた夏月だったが、三日も過ぎると忠影の方を見なくなり、名前を口にすることもなくなった。忠影の名を呼び、見られることを嫌がる素振りを見せれば見せるほど、男たちを楽しませることに気づいたからだ。

さらに数日が過ぎると、夏月はまるで忠影の存在など忘れたかのように、男たちの命ずるままに身体を開くようになった。清楚だった唇は常にぷくりと赤く艶めいて、信じられないほど卑猥《ひわい》な淫語をならべ立てる。

「氷雨兄さまのおちんちん、気持ちいい…。虎次兄さまは大きくておいしい。だからもっとたくさんください。たくさんたくさん夏月の中に白いお水をください」

「そうか、夏月はこれが好きか」

「うん、大好き…だからもっと夏月を苛《いじ》めてください」

氷雨と虎次は夏月を幼い弟として扱うことを好んだ。幼い弟がふたりの兄を慕うあまり、身体を開いて言いなりになっているという状況を模して悦に入るのだ。

そして春成は、あくまで惣領と近侍という立場を崩さず、そのうえで主の夏月を凌辱することに深い悦びと満足を覚えていた。

「ああ春成、もっと強く抱いて。そなたの熱くて硬い肉刀で奥までえぐって…。これがなければ寂しくて夜も眠れなくなってしまった——」

「なんとはしたない。夏月さま、夜見の惣領ともあろう者がそのようなことでは示しがつきませぬ」

「そなたのせいでこうなったのに、ひどい…」

「ふふ。いっそ一族の者、全員に抱かれてみますか？　最下層の——そう、あなたが大好きな下忍たちにもみくちゃにされて悦ぶ姿を見てみたい」

「や、止めて、そんなひどいことは……」

「嘘ですよ。そんなことをするわけがない。あの愚鈍な異母兄たちとあなたを共有するのも腹立たしいというのに、誰が他の男たちになど与えるものか」

「春成…お願いだから、私をそなた以外の者に抱かせたりしないでくれ」

「もちろんです」

「氷雨と虎次にも？」

「そうですね。あなたを捕らえてもう半月近く経つ。そろそろ潮時でしょう。私もこれ以上、あのふたりにあなたが壊されてゆくのは見たくはない」

「壊される…？」

「ええ。自覚がないんですか？　まあ潔癖だったあなたがこんな目に遭って、正気を保ち続けていられるはずもない…」

独り言のようなつぶやきは、小さすぎて夏月にはよく聞き取れなかった。

昼も夜も、三人の男のうち誰かが求めれば、眠っている最中だろうが食事中だろうが構わず犯される。両手は自由になったが、代わりに右の足首に鉄製の頑丈な足枷《あしかせ》を嵌められた。鎖は床柱にしっかり繋がれ、そこから二間ほどの半円を描ける程度しか動けない。当然、土間の向こうの牢には指先すら届かない。

獣のように鎖で繋がれたまま陽の射さない岩屋のなかで、来る日も来る日も男たちの欲望に奉仕しつづける。生身の性器が入っていないときは、媚薬をまぶした張り形をねじこまれ、排泄《はいせつ》のとき以外そこが空になることはない。食事には常に少量の阿片が混ぜられ、抱かれるときは媚薬を使われる。身体は熱っぽく疼いて、頭はいつもぼんやりとしている。薬の力でむりやり性欲を高められているせいで、ささいな刺激にも過敏に反応してしまい、そのたび淫乱だ浅ましい雌犬だと蔑まれ罵倒《ばとう》され、心と身体にそれが事実だと刷りこまれている。何日かおきに媚薬と阿片を断ち、薬が切れたせいで起こる吐き気や頭痛、悪心といった不快さを思い知らせ、男に抱かれるとそれが解消されると教えこまされた。男に後孔を犯されながら口で陰茎を愛撫することが快感だと、巧みに身体をつくり変えられた。

それがもう半月も続いているのだ。よほど胆力のある者でも、心の均衡が崩れるのに充分なほど過酷な調教を施していると、春成は自覚している。

「壊れてもかまいません。骨の髄まで壊れて私だけを頼り、愛するようになればいい」

「――――う…ん。どうせ一生このままなら、そなたひとりのものになった方が私も嬉しい…」

「夏月さま…」

その言葉が本音なのか、それとも調教の賜物《たまもの》による表面的なものなのか判断をつけられないまま、春成は赤く艶めいた唇に己のそれを深く重ねて貪りはじめた。

昼も夜もない洞窟のなかに作られた座敷に囚われたまま幾日過ぎたのか、夏月にはとっくに分からなくなっていた。数日のことのようでもあるし、何年も経ったような気もする。

心はとりとめもなく夢幻をさまよい、ときたま正気に返ることはあっても、それは苦痛を伴っていたから長くとどまる気になれなかった。

夏月が唯々諾々と股を開き、自ら進んで淫語を発して乱れるようになるにつれ、男たちは夏月の前でわざとのように秘密をもらすようになった。

「この書きつけが見えるか？　儂と氷雨兄者に一群を与えるという筆頭家老、狩野信綱さまの御墨つきだ。おまえが秋康侯からもらった猫の額ほどの土地とは較べものにならないだろう」

これで我らも領地持ちの殿様だと高笑いする虎次の顔が醜く歪んで遠のいたかと思うと、また近づいて、今度は氷雨の顔に変わった。

「正室が生んだ息子の命と引き換えに倍の所領が約束されている。子どもの居場所を素直に教えれば、あの男と一緒にどこか遠くへ逃がしてやってもいいんだぞ」

夏月が首を横にふると髪を鷲づかみされて正面を向かされた。次に目の前に現れたのは春成の顔だ。

「先代から受け継いだ奥義を教えてください。あなたはもう二度と、惣領として一族の前に立つことはないのだから、相応しい人物に譲るべきです」

男たちは皆、自分こそ正しく賢い選択をしていると自信に満ちている。夏月は酷く抱かれるたびに、ひとつずつ奥義をもらしてしまったが、若君の居所だけは最後まで口を割らなかった。

男たちに薬を継ぎ足される合間のほんのひととき、不快さと隣り合わせの正気をわずかに取り戻すたび、夏月はなんとかこの地獄から逃げ出すことはできないかと考えつづけた。薬が切れた不快さに耐えきれず錯乱するか、薬を足されて酩酊状態に舞い戻るか、そのわずかな間しかまともに頭が働かない。細切れの考えをそのつど記憶して、次に同じことを考えるとその記憶が一気によみがえる術《すべ》は、父から受け継いだ奥義のひとつだ。

そうした記憶には『食事のときに出される茶碗や皿を割れば武器になる』『自分の身を清めたり、部屋の掃除のために現れる男たちはたいした使い手ではない』『春成と氷雨は何日かに一度の割合で姿を消し、一日留守にする』といった観察結果が溜まっていた。

暑すぎもせず寒くもない過ごしやすい気候が過ぎて、朝晩が冷え込むようになる頃。

夏月の努力がついに実を結ぶ日がやってきた。

その日、夏月が目を覚ますと部屋のなかには虎次の姿しかなかった。隣の部屋に誰か待機している気配もない。朝餉の膳を虎次自身が運んできたことから、今この洞窟内にいるのは、囚われの忠影と夏月の他には、虎次とおそらく飯炊き女もしくは男がひとりだと思われる。

夏月はまだ薬で酩酊しているように装い、秘薬混じりの膳を見つめた。これを食べれば、また何もかも分からなくなってしまう。――ならば今しかない。

瞬時に判断を下すと、粥が盛られた茶碗と菜が載った皿を小気味よくぶつけて割る。その破片を目にも止まらぬ速さで閃かせ、斜め向かいに座って汁を飲もうとしていた虎次の喉を切り裂いた。

「うﾞがぁ……ッ」

仕留め損なってはいけないと破片を強く握りしめすぎたせいで、自分の手のひらも深く傷ついたが、痛みはほとんど感じなかった。

「ご…っ…ぉあ…」

自ら流した血に染まった畳に突っ伏して、脇差しを抜こうとまだ少し足掻いている虎次の腰から刀を抜いた夏月は、無言でそれを鞘引いて愚かで強欲な異母兄に止めを刺した。

血で染まった手から鞘が滑りおちる。頭が痛い。吐き気がする。畳に散った阿片混じりの粥にむしゃぶりつきたくなったけれど、その前にやることがある。けれど身体がうまく動かない。

――あの粥を食べればすぐ楽になる。

頭のなかで誘惑の声が響いた。けれど別の場所では、その前に急いでやることがあるだろうと急かす声がする。急がなければ、やつらが帰ってくるかもしれない、と。

「な…に？　ど…すれば……――？」

鍵を探せ。頭が痛い。牢の鍵だ。吐き気がする。忠影を牢から出すんだ。身体の節々が骨を砕かれたみたいに痛む。鍵だ。うるさい。

「夏月さま…！」

気持ち悪い。苦しい、もう嫌だ。

「鍵を、夏月さま！」

夏月が三人の男たちに最初に犯されたとき以来、喉を潰されでもしたかのように、ほとんど声を発することがなかった忠影がしゃがれ声を上げながら、格子の間から腕を伸ばして壁の一画を懸命に指し示していた。

「あの窪みの杭に引っかけてある…あの鍵を、なんとしてでも…ッ」

夏月は愛しい男の声に吸い寄せられるように、ふらりとよろめきながら土間に降りようとして、足首に嵌められた鉄枷と鎖に阻まれ倒れ込んだ。

「あぅ…」

「夏月さま、鍵を…！　いえ、割れた皿の破片と、そこにある手ぬぐいを投げてください」

夏月は朦朧としながら、忠影に言われた通り皿の破片を手ぬぐいで包んで小さく丸め、土間の向かい側に嵌った格子の隙間めがけて放り投げた。頭も身体も薬でボロボロになっていても、幼い頃から下忍の養い子として叩き込まれた技術は夏月を裏切らなかった。


忠影は手許に落ちた陶器の破片を、手ぬぐいと自らの袖を細く切り裂いて繋げた紐の先にくくりつけ、即席の鍵縄に仕立て上げると慎重にたぐり寄せた。そうして向かいの壁の窪みに向かって投げつける。本物の鍵縄とちがって、鍵部分は陶器だ。壁に強くぶつかれば砕けてしまう。

二回失敗したあと、三度目には引っかけてあった杭から鍵の束がガシャンと音を立てて落ちた。忠影は鍵を束ねた金輪に鉤代わりの破片を絡ませて、格子の間から突きだした指が届く場所までたぐり寄せる。

鍵を手に入れてからの忠影の行動は早かった。

これまで耐え難きを耐え忍び難きを忍んで大人しくしていたのは、これある時を狙い定めて体力温存に努めていたからだ。ひと月近くにもなる虜囚暮らしの間に脇腹の傷はある程度塞がった。動けば再び傷口が開くかもしれないが、心配しても仕方ない。

忠影は手にした鍵束から牢の鍵を探し出し、小さな格子戸を開けて外に飛び出すと、足枷の鎖を限界まで伸ばして手をさしだす夏月に駆け寄り抱きしめた。

「夏月さま…！」

「たら…た…、忠…か…」

夏月は呂律がまわらない唇で何度も「た…、た…」とつぶやきながら両手を震わせ、血と汗でごわついた忠影の着物にすがりついて涙をこぼした。その身体を息が止まるほど強く抱き寄せ、涙に濡れた唇に許しも乞わず己の唇を重ねて貪った。

裏切り者たちに凌辱されようがどんな痴態を見せつけられようが、毛ほども嫌ってなどいない。愛していると伝えるために、抱きしめてしっかり唇を重ねる。

やがて、夏月の板のように強張っていた背中がほんの少しゆるんだのを感じて、忠影は唇接けを解いた。夏月の瞳を覗き込むと、唇接けで伝えたかったことはきちんと伝わったようだ。

忠影は夏月を安心させるように「大丈夫です」とうなずいて見せると、鍵束から足枷の鍵を選んで外した。次に血溜まりに突っ伏している虎次の脈を調べ、完全に息絶えていることを確認して内心で舌打ちする。わずかでも息があれば、俺が止めを刺してやれたものを…と。

すでに事切れているとわかっていても、首を切り落としてやりたい衝動をおさえながら虎次の懐を探って書きつけを見つけ、それを己の帯に仕込んである隠し袋に入れる。それから鍵のかかった枕箪笥を開けて、夏月に使われた秘薬や媚薬の中和剤、解毒薬らしき包みをつかんで懐にしまい込むと、夏月を連れて部屋を出た。

途中、座敷部分から少し離れた場所に造られた厨《くりや》で働いていた飯炊き男を一撃で気絶させ、縛り上げてから塩と少量の米だけ持ち去った。

洞窟を出た忠影は脇目もふらずそこを離れ、そのまま夜見の隠れ郷や城下ではなく、さらに奥へ、山の奥へと歩きつづける。裏切り者の頭目が佐伯春成であった以上、うかつに夜見の郷にはもどれない。忠影自身も、まだわき腹の傷がようやくふさがりはじめた状態で、前後不覚に陥った夏月を護って複数の忍びたちとやりあうのは自殺行為に等しい。せめてふたりが気力と体力を完全に取りもどしてからでなければ、館林城下の屋敷に近づくのも危険だ。

だから今は身を隠すしかない。無様でみじめな逃避行になろうとも、獣のように狩り立てられようとも、やつらに復讐する日まで生きて生き延びて恨みを晴らしてやる。

——虎次は夏月さまが手を下した。残る春成と氷雨は、必ず俺がこの手で殺してやる。

「必ず…だ」

薬が切れたせいで足が萎えて歩けなくなった夏月を背負った忠影は、脇腹の傷が疼いて血がにじみ出すのを感じながら、歯を食いしばって山奥へと逃げこんだ。

・虹蔵《にじかく》れて見《みえ》ず・

一日おきに隠れ場所を移動しながら、忠影は自身と夏月の回復に専念した。

ねぐらは岩と岩の間の窪《くぼ》みだったり、大樹にできた虚《うろ》だったり、藪《やぶ》のなかにできた小さな空き地だったりした。どんな場所でも木の枝などで偽装して、外からは絶対に見破られないよう細心の注意を払った。煮炊きのための火は夜だけしか使わない。万が一にも、煙で居場所を悟られないためだ。

山奥に分け入って五日目。忠影は当分の間ふたりが身を潜めるのに最適な洞窟を見つけた。切り立った崖に穿《うが》たれた洞窟で、生い茂った灌木に遮られて下からは見つけることができない。人が登れる道はひとつだけ。洞窟の中から外への眺めは素晴らしく、不審者が近づけばすぐにみつけられる。近くには岩からしみ出た清水の小さな水溜まりがあり、周囲には実をつけた木々が生え、鳥や兎といった獲物も豊富だった。

忠影はここでしばらく過ごして、己の体力と夏月の回復を待つことに決めた。

山奥に分け入った忠影が初日にしたことは、夏月の全身を清めてやることだった。

季節はすでに秋に入っていたが日中はまだ汗ばむような陽気が続いていた。川の浅瀬をみつけて水温を確認した忠影は、先に半月近くの間にたまった自身の汚れと着物を手早く洗ってから、半睡状態で朦朧としている夏月を抱えて水に入る。

無数の嚙み痕や濃淡さまざまな鬱血《うっけつ》が散らばった細いからだを、手のひらで隅々まで洗い清める間、夏月はほとんど反応らしい反応を示さなかった。最後に膝丈程度の浅瀬に座りこんで夏月を抱え直すと、腿の間に手を入れて、散々嬲り尽くされた場所に指で触れる。

「……ッ」

忠影の胸にしがみついていた夏月が息を飲んで身体を強張らせた。忠影は心を空にして指を奥に進め、粘つく膏薬と男たちに放たれた残滓《ざんし》を掻き出した。山間の清流にどろりと濁った淫液が溶けて流れ去ってゆく。中指一本では間に合わず、ひとさし指も使って入り口から奥に向かって開き、水を含ませながら掻き出す。すっかり汚れがなくなるまでそれを何度もくり返した。

「や…だ、嫌…や……」

長い指でなかをくじられるたび、夏月はびくびくと痙攣しながら両手をつっぱって、忠影の腕から逃れようともがいた。本気で嫌がっているわけではなく、汚れを清めるために指を差しこまれただけなのに、感じて前を昂らせてしまう己を恥じているからだ。

「見な…いで、忠…影……嫌…助け…——、見…な……っ」

涙をにじませて首筋にすがりつき、胸に顔を埋めながら、うわごとのように何度も救いを求められて、忠影は張り裂けそうな心の痛みをこらえながら、やさしく言い聞かせた。

「恥じなくていいのです…。あなたは何も悪くない。刺激を受けて感じてしまった、ただそれだけのこと。薬が抜ければ元にもどります」

夏月にというより、自分に言い聞かせるように忠影はささやき続けた。

夏月が受けた傷の酷《むご》さを思い知るたび、忠影のなかのもうひとりの自分が咆吼を上げて暴れ出しそうになる。今すぐ山を駆け降りて佐伯春成と氷雨の喉を貫き、心の臓をえぐり取り、汚らわしい男根を切り取って踏みつぶし、犬の餌にしてやりたい衝動にかられる。

——やつらを絶対に許すものか…。

その決意に、慈悲や情けの入り込む余地は寸毫《すんごう》もない。自分がこれほど冷酷に人の死を望むようになり、そのことに一切の罪悪感を抱かない日が来るとは、ふた月前までは考えもしなかった。

まるで悪鬼のように酷薄で容赦のないこの感情は、目の前で最愛の存在を犯される姿をただ見ているしかなかった、あの岩牢のなかで孵化した。忠影が流した血の涙を吸い、もらした呪詛を子守歌に育った復讐鬼だ。気を抜けば表に出て暴れそうになるその鬼を、忠影は夏月の前ではなるべく出さないように努めていた。以前の忠影とはかけ離れた険しいその一面を表に出すと、そうならざるを得なかった理由を思い出して、夏月が不安定になるからだ。

山奥に分け入ってから数日の間。夏月は昼も夜もひたすら眠って過ごした。——いや、忠影が薬湯を飲ませて眠らせていた、といった方が正しい。目覚めるのは食事を摂らせるため声をかけるときと、悪夢に悲鳴をあげ震えながら飛び起きるときくらいだ。薬で眠らせた理由は、春成たちに使われた妖しげな薬の禁断症状でひどく苦しむ姿を見かねて…だった。

嘔吐《おうと》と全身の痛みは三日ほどで沈静したが、動悸《どうき》や眩暈、喉の渇きの他に、幻聴と白日夢が夏月を苦しめていた。目を閉じても耳をふさいでも、春成やふたりの異母兄の嘲り笑う姿が見え、声が聞こえているようだ。岩屋でさらした己の痴態がよみがえると絶望に襲われ、そんな自分を恥じ、忠影に嫌われることを怖れて不安にかられる。

　嵐の水面をただよう木葉よりも、たやすく動転する夏月の心を鎮める方法はただひとつ。

「抱いて…。春成たちにされた以上にひどく抱いて…！」

　そうやって記憶を塗り替えなければ息もできない。そう言いたげに必死の形相をした夏月につめ寄られた忠影は、最初はなんとかなだめて落ちつかせようと努めたが無駄だった。不安や絶望といった負の感情から火がついた歪んだ性欲は、夏月自身にも鎮めようがないらしい。忠影がどんなにやさしく抱きしめて大丈夫だと言い聞かせても、夏月は首を横にふり、しまいには自慰をはじめてしまう。

　夜半。不穏な気配で目をさますと、腕のなかは空。あわててあたりを見まわした忠影が目にしたのは、昼間忠影が小刀で削り出して作った即席の木匙を後孔にねじこみ、泣きながら抜き挿しをくり返している夏月の姿だった。

　その瞬間、この先どんなことがあっても、夏月に求められたら応じようと決意する。

　忠影は夏月を抱き寄せて唇を奪い、息継ぐ間もろくに与えず口腔深くを舌でえぐり、舐めまわして強く吸った。そうしながら着物の前を割り、先刻まで木匙が突っこまれていた場所に指を埋めてほぐれ具合を確かめると、帯にくくりつけた袋から小さな膏壺を取り出してひと掬《すく》い指に絡ませ、後孔にぬめりを与えた。手早く準備を整えると下帯をほどいて自身を取り出し、対面座位の姿勢で一気に奥まで貫く。

「ひぁ……――――ッ」

そこを熱い剛直でいっぱいに充たされた瞬間、夏月の顔から不安が消え、恍惚《こうこつ》とした表情にとって変わる。尻朶と腿が密着するほど深くつながると、夏月の唇から得も言われぬ安堵のため息がもれる。

「辛くはないですか？」

うなじを抱き寄せて、瞳を覗きこみながら訊ねると、夏月は少し舌足らずな口調で答えた。

「ううん、気持ちいい…」

「……夏月さま、夏月…、――…俺が誰かわかりますか？」

不安になって思わず訊ねると、夏月は忠影の肩に両手を置いて自ら腰を上下させはじめながら、しばらく惑うように視線をさまよわせた。

「夏月さま…？」

重ねて問うと、夏月は少し不満そうに頰をふくらませた。

「さまをつけるのは忠影、呼び捨てにしてくれるのは兄《あに》さま…。どっちも好き、どっちも…大切」

拗《す》ねた子どものような言い様が切なくて、忠影は言葉につまった。

夏月は荒淫でやつれた頰に不似合いなあどけない微笑みを浮かべ、忠影を好きだと言い募る。

「兄さまが…、忠影が好き。なのに、他の男に抱かれて悦んでごめんなさい…。こんな穢れた身体を抱いて欲しいって言ってごめんなさい。許して…、でも我慢できなくて…――あ、ぁん…っん…っ」

許して、気持ちいい、もっと強く抱いて、嫌だ、ごめんなさい、嫌わないで、激しく突いて――。

息を荒げて脈絡のない言葉を次々とつぶやきながら、夏月は次第に腰の動きを速くしてゆく。怪我のせいであまり激しく動けない忠影は、夏月が動きやすいよう背中を支え、彼が満足するまで思う存分その身を与えつづけた。


夢と現《うつつ》、狂気と正気の狭間《はざま》をただよいつづけて、どれくらい過ぎただろう。

昼でも夜でも刻《とき》を選ばず、ふいに不安に襲われることが頻繁に起こる。そうすると居ても立っていられないほど身体が熱くなる。誰でも何でもいいから硬い異物でそこを突いてこすってほしい。

容赦なく獣欲をぶつけられながら、ひどい言葉で罵《ののし》られないと安心できない。屈従を強いられて陶酔にも似た満足が生まれるのを止められない。人としての誇りと矜持を踏みつぶされて他者の言いなりになることへの、病んだ憧憬《しょうけい》。それはあの岩屋で春成たちに仕込まれた歪んだ情欲のせいだと頭の片隅では気づいていても、植えつけられた被虐と色狂いの種は夏月の中にしっかりと根を下ろしてしまっている。

目を閉じれば闇の向こうに、青白い両脚を大きく広げて男を銜《くわ》え込《こ》み、いやらしく腰をくねらせている自分の姿が見える。頭を大きくふって幻を追い払おうとすると、今度は耳元で卑猥な言葉を次々と言い募る声がする。声は春成だったり氷雨だったり自分だったり、ときには忠影だったりした。

淫らな言葉で男を欲しがる声と姿は、逃げても逃げても追いかけてくる。それが幻聴ではなく自らの叫び声だと気づいたとたん、絶望と羞恥で消えてしまいたくなった。けれど同時に、身体の芯が疼いてたまらなくなる。

悪夢のなかで春成や異母兄たちに嬲られながら自分も悦び、泣きながら吐精してふと顔を上げると、心配そうな忠影に見つめられていることがよくあった。

「ゆ…め…？　嘘、どう…し…て」

ここはどこで、自分が何歳なのかとっさに思い出せなかった。つぶやきながら自身を見下ろすと、たった今見ていた悪夢とよく似たあられもない姿で忠影と繋がっている。どちらが夢でどちらが現なのかわからない。混乱しながらもう一度、男の顔を見上げる。そこに変わらず頼もしい義兄の顔があることを確認して、ゆるめかけた両腕に力をこめてしがみついた。

酸のように心と身体を腐食してゆく淫虐の爪痕に怯えて、夏月は忠影の名を呼び助けを求めた。

「兄《あに》さま…！　忠影…、身体が熱い…熱くて息がうまくできない。苦しくて頭が変になりそうなんだ。助けて…お願い……ここが――」

言い募りながら剝き出しの下腹に手を下ろし、昂った自身に指を添える。夢を見ながら一度吐精しているのに、そこはまだ鎮まる気配がない。

「熱くて、苦しいんだ…」

前よりも、忠影自身を受け入れている後ろが、さらなる凌辱を欲しがっている。餓《う》えた獣のように、物欲しげに開閉をくり返し、その充溢を直に感じて息が乱れる。

「――もっと、忠影が欲しい。浅ましいことはわかってる。でも欲しくて仕方ない。…許して、こんな…自分でもどうにもならない。でも…このままだと、気が…狂う……」

春成とふたりの異母兄にされたことと同じ…――いや、それ以上の行為を忠影から受けたい。そうしなければ生きていけない気がした。

「お願…い…お願いだから…っ」

「わかってます、夏月さま。さあ気持ちを楽にして…。苦しいのはここですか？　それともここ？」

「お尻…お尻の穴が疼くんだ。そこを兄さまの立派なもので突いて、こすって欲しい…。何度もたくさん突きながら、おまえは淫乱な雌犬だって罵って…――」

「あなたは雌犬などではない…ッ」

それまでのやさしさとは一転した強い口調でさえぎられて、夏月はヒクリと喉を鳴らした。

「うそ…。私は浅ましくていやらしい、どうしようもない淫乱だって言……」

卑下する言葉は途中で忠影の唇にふさがれて途切れた。

言葉で言い聞かせても納得できないなら、身体に言い聞かせてやるとばかりに、激しく口中を貪る忠影の強い意志を感じて、夏月のなかの歪みがほんの少し正される。

ようやく顔をあげた忠影は、激昂のあまり兄弟だった頃の言葉遣いにもどって叫んだ。

「うそであるものか…！　すべては俺の命を守るためにやったことじゃないか。責められるべきは、あなたを護るどころか足手まといになった俺の方だ…ッ」

「でも…感じたんだ。やつらに抱かれて何度も気をやった。嫌で仕方ないのに気持ちよくて、よくてよくて……死にたかった」

「質の悪い媚薬のせいです。あなたの魂は昔も今も、変わらず高潔で美しい」

「そんなことはない。私の魂は身体とともに淫獄に堕ちて、汚辱にまみれてしまった」

「あなたがそう言うのなら、私もともに堕ちましょう。あなたとともに、どこまでも――」


忠影に支えられて少しずつ回復しつつあるとはいえ、それからなおもしばらくの間、夏月は正気と狂気の間をさまよいつづけた。

目覚めたとき忠影の姿が見えないと、あっけなくひどい錯乱状態におちいる。不安を交情で解消する時期が過ぎると今度は手負いの獣のように気が立って、気づいた忠影が近づこうとしても激しく抗ったりした。忠影はそんな夏月に辛抱強く話しかけ、ときにやさしく、ときに激しく、夏月を抱きしめてくれた。

「忠影……兄さま…?」

「そうだ」

迷いのない答えに夏月はほっと息を吐く。頭をやさしく撫でられて、胸に甘やかな懐かしさが湧きあがり、そのまま逞しい胸に頬を預けてささやいた。

「よかっ…た。すごく怖い、嫌な…夢を見たんだ」

「そうか。けれどもう、大丈夫だ」

声は子守歌のようにやさしい。頭や肩、背中を撫でてくれる手のひらも。そうやって慰撫されながらゆったりと揺り動かされると、おだやかな眠気に包まれる。

「すごく…嫌な……、兄さまと引き離されて、知らない場所に連れていかれて…──」

下忍の郷から惣領屋敷に連れもどされたときの情景がよみがえる。立派なこしらえの部屋や調度に囲まれながら、ひたすら忠影に逢いたいと願っていたあの頃。近侍として紹介された佐伯春成の顔が、淫猥に歪んで夏月を裸に剝く。突然あたりが薄暗い岩屋に変わったかと思うと、夏月は獣欲をたぎらせた男たちの目に無防備な裸身をさらして逃げ惑った。

「──…ぁあ……！　止め…ッ」

上げかけた悲鳴は、強く抱き寄せられた義兄の胸に吸い取られる。

「夏月！　もう大丈夫だ、もう終わったんだ。俺がついてる。もう二度と独りにはしないから──」

真摯《しんし》な誓いとともに宝物のように抱きしめてもらい、夏月は幻覚から引き戻されて陶然と目を閉じた。

ともに闇に堕ちると言ってくれた忠影に抱かれて眠りに落ち、目覚めては抱かれて過ごすうちに、どれだけの刻が過ぎただろうか。

忠影は夏月が眠っている隙をぬって狩りに出かけ、雉《きじ》や鶉《うずら》、兎や狸を仕留めて持ち帰った。他にも茸や栗などを集め、滋養に富んだ食事を用意して夏月を養った。

ときどき錯乱状態におちいって前後不覚になる以外は、おだやかで静かな日々がつづく。

それは夏月が夢にまで見た、忠影とふたりきりで過ごす幸せな日々だった。

心も身体も愛する男にゆだねて、もう何も心配いらないとあやされて眠りに落ちる。常に神経を研ぎ澄ましている必要も、非情さも、身を切るような厳しさも必要のない日々。

このままこうしてふたりだけで生きてゆく。そんな未来を思い描いた。ここよりももっと遠い場所に逃げのびて、名前も出自《しゅつじ》も変え、ただ人《びと》として生き直す未来を。

それは甘美な誘惑だった。

南の気候のよい国にでも行って、薬師を生業《なりわい》にして生きればいい。自分も忠影も、薬草の知識や病気や怪我への対応は下手な医者よりずっと優れているから、ふたりが慎ましく暮らしていくだけのものは充分稼げるだろう。互いの体力が長旅に耐えられるくらい回復したら、国を出よう。関所は芸人に化けて抜ければいい。芸も賄賂《わいろ》も効かぬ場合は山越えしてもいい。

具体的な道順や手立てをつらつらと考えながら、夏月はひとときの幸福に溺れた。けれど……──。

幸せであるはずなのに──確かに幸せなのに、何かが心を重くする。

大切なことを忘れている。すべきことを放棄して逃げているという罪悪感。護るべき存在、率いてゆかなければならない人々を、見捨てているという後ろめたさ。

幼い頃、母を殺され命を狙われた自分と同じように、お家騒動に巻き込まれ暗殺の危険にさらされている若君の存在が、夢のなかで夏月を責める。

このまま逃げつづけて生きるつもりか、と――。


その日、目を覚ました夏月は、自分が奇妙に落ちついていることに気づいて首を傾げた。

これまで汚泥をつめこまれたように重くぼんやりとしていた頭がくっきりと澄みわたり、己の状態を客観的に把握できる。わが身に受けた仕打ちの凄惨《せいさん》さを考えれば、むしろ他人事のように感じすぎるほど冷静だったかもしれない。

洞窟を出ると外はすでに秋深く、朝晩は霜が降りるようになっていた。季節の移ろいが鮮やかな彩りを成して山の頂から駆け下りてくる。崖縁から色づく木々を見下ろした夏月は、頬をなぶってゆく風にかすかな雪の気配をかぎとり、薄青色の空を見上げて独り言のようにささやいた。

「もどらなければ……――」

肌寒さを感じてわが身をかき抱こうとするより早く、背後から温かな両腕に包みこまれた。

「忠影……」

忠影は何も答えず夏月を強く抱きしめた。首筋に熱い吐息を感じて、背筋に甘い痺れが走る。

広くて頼もしい胸に背中を預けて、力強い手のひらを胸と腹に感じながら、夏月は前を見据えた。

そのまましばらく無言で燃え立つ山々を眺めたあとで、忠影がそっと口を開いた。

「もどるのですか？」

声に惜しむような響きを聞き分けて、夏月の唇に小さな笑みが浮かぶ。少なくとも忠影は、前後不覚状態におちいって惣領としての義務からも、主君から任された使命からも目を背けて逃げていた夏月を責める気はないらしい。もしかしたら、夏月がちらりと誘惑を感じたように、忠影もこのままふたりでどこか他国へ逃げ落ちて、ひっそり隠れて暮らすことを夢見ていたのかもしれない。

「忠影はどうしたい？」

一緒に逃げましょうと言われたら、拒める自信はなかった。

側近中の側近だった春成の裏切りによって惣領としての矜持は打ち砕かれ、荒淫によって植えつけられた被虐の性《さが》と、阿片による心身の変調を抱えたまま再び一族を率いてゆけるのか、正直わからない。それでも夏月のなかで生来育《はぐく》まれてきたなにかが、逃げずに立ち向かえとささやく。その声を聞き取ることができたのは、今、自分を抱きしめてくれている男の存在があったからだ。

「私はあなたを護って、どこまでも共にゆくだけです。たとえそれが一族を裏切る逃避行であろうと、一族の惣領として踏みとどまる道であろうと、あなたが進むと決めた道ならば、それに従い支えて生きるだけです」

淡々と語る声に気負いはない。けれど、当然のことを当然と言っただけという気安さの向こうに、以前にはなかった、研ぎ澄ました鋼のような硬く危険な覚悟がちらりと見え隠れする。それは妥協を許さない堅固な覚悟。抜き身の刃のように危険で容赦のない厳しさ。夏月を傷つけようとする者は誰であろうと決して許さない。それほどの決意を秘めていた。

「そうか……」

「はい」

ならば覚悟は決まった。

・朔風葉《きたかぜこのは》を払《はら》う・

山を下りると決めたその日。夜更けに忠影がふらりと姿を消した。

これまでも狩りや鍛錬、周囲の哨戒《しょうかい》などのために、夏月が眠りに落ちるのを待って洞窟を離れることはよくあったので、夏月はあまり深く考えずその背中を半分眠りに囚われたまま見送った。

そして夜明け前。忠影は冷えた早朝の空気をまといつかせて戻ってきた。

兎の毛皮を継いで作った掛け布団の下から顔を出した夏月は、清水で洗い流してもかすかに残っている血の匂いを嗅ぎ取って完全に目を覚ました。

「忠影、どこへ…行っていた…？」

答えは知っている気がした。けれど問わずにいられない。

忠影は夏月の傍らに腰を下ろして朝露に濡れた脚絆と手甲を脱ぎ捨てながら、冥く凄烈な笑みを浮かべた。

「もう何も、心配することはございません」

何を…ともう一度訊ねかけたけれど、忠影がそっと毛皮布団をめくってとなりに入ってきたので途切れてしまう。着物はすっかり冷え切っていたけれど、忠影の身体は直前まで動いていたせいだろう、芯から温かい。冷たくて温かいその身体に抱きしめられた夏月は、自分も同じように抱きしめ返しながら、途切れた問いをもう一度口にするのはあきらめた。忠影がもう何も心配いらないと言うのなら、そうなのだろう。

「出立は夕刻にしましょう。山から下りる姿を見られぬように。だから今はもうひと眠り…」

ささやき声に、夏月は口のなかで「うん」と答えて目を閉じた。


夕刻。隠れ暮らしていた岩舟の山から下りた夏月と忠影は、直接城下の惣領屋敷や隠れ郷には向かわず、姿を変えて江戸に潜入した。そして津藩邸に託した若君の無事を秘かに確認すると、来たときとはちがう行商人姿に身をやつして館林に舞い戻った。

そのまま城下町に入る手前の旅籠で身なりを整え、緊急時の符丁を使って裏門から登城した。

拝謁を願い出た夏月を目にした榊原秋康は、軽く目を瞠って驚きをあらわにした。

「生きておったか。ふた月近くも姿を見せず、連絡も途切れたゆえ、心配しておったぞ」

秋康は夏月をいつもの中奥の間ではなく、秋のおだやかな陽射しが降りそそぐ広い庭園に連れ出していた。菊花と鮮やかに色を変えた楓に囲まれた、大きな池の中央部に小島がある。秋康と夏月は橋を渡ってその小島に降り立った。ここなら人払いをして大きな声さえ出さなければ、盗み聞きされるおそれはない。

「ありがたきお言葉…、身に染み入りまする」

思いもよらぬ労りの言葉をかけられて、夏月は驚くと同時に秋康の本意を見定めようと努めた。

今回の登城は正直賭けだった。夏月が囚われていた間に春成と氷雨たちが一族を掌握して、自分たちにとって都合がいいようにすべての罪を夏月と忠影に被せ、秋康の耳に吹き込んでいたとしても不思議はない。目通りが叶うかどうかどころか、代わりに捕縛されてもおかしくない状況だったのだ。

「で、何があったのだ。五日ほど前に佐伯春成が頓死したらしいが、今回の騒ぎに関係あるのか？　佐伯の他にそなたの異母兄ふたりも行方が知れぬと聞いたが」

夏月は平伏したままほんの一瞬、身を強張らせた。それから橋の向こう側で秋康の近侍たちとともに控えている忠影の姿をわずかにふり返る。

五日前…。明け方、忠影が洗い流した血の匂いをかすかにまとって戻ってきた日だ。

『もう何も、心配することはございません』

——やはり、あの言葉はそういう意味だったのか…。

夏月の指先をかすかに震わせた感情は驚きではない。

それは忠影が以前とはちがう存在になったことへの戦《おのの》きだった。

以前の忠影は夏月を大切に思っていても、己の身分を引け目に思って何事も控えめで出しゃばらず、上役や上位の相手に譲ることが多かった。夏月を護るという誓いは本物だったが、それを成し遂げるために一族の序列を乱すことは、極力避けようとしていた。基本的に心根のやさしい男だから、人でも動物でも不要な殺生は一切したがらなかった。殺した方が賢明だと思われる場面でも、どうにかして相手の命だけは救おうと努めていた。その男が——。

——春成と氷雨を…。

夏月は震える指先をそっと握りしめた。それはたぶん、自分が心の底から望んでいたことを愛する男が決行してくれたことへの、感謝とも共感ともいうべき仄冥《ほのぐら》く不思議な気持ちだった。

自分で手を下したのではきっと癒されることのなかった深い傷が、忠影に復讐してもらったことで塞がってゆく気がする。傷が癒えた先に見えるのは決して極楽浄土への道ではなく、地獄へ向かう一連託生の道行ではあったけれど、忠影と手を携えていけるならかまわない。

「佐伯はふた月前に、そなたは流行り病にかかって死んだ、遺言で夜見の惣領は自分が継いだと申しておった。だがあやつは吾子の居場所を知らなんだ。真《まこと》にそなたが遺言したなら知っているはずのことを知らなんだ。ゆえに儂はやつの言葉を信じず、様子を見ることにしたのだ」

つづけられた秋康の言葉に、夏月は物思いをふり払っていっそう頭を低く下げた。

「賢明なご判断でございます。それでは我が身の恥をさらす次第ではございますが、此度の顚末をお聞きくださいませ。——と、その前にまず、若君はご無事でございます」

夏月はまず一番にそのことを伝え、水野から預かってきた経過報告の書状を秋康に手渡した。秋康はなかを改め、それが間違いなく水野の筆跡であることを確認すると深い安堵の表情を浮かべた。

「間違いないようだな。で、吾子の居場所はまだ教えてもらえぬのか。佐伯は吾子の暗殺を企んだ黒幕は次席家老黒田与右衛門だと申しておったが、それも偽りだったのか?」

「お教えする前にこちらをご覧いただきたく、お願い申し上げます」

夏月はそう前置きして、懐から異母兄たちが筆頭家老狩野信綱からもらった所領安堵の書きつけを差し出した。秋康はそれを水野の書状と同じように受け取り、同じようになかを改めた。しかし、先刻とちがってにわかに顔色を変えたかと思うと、嶮しい表情で夏月をにらみつける。狩野信綱は秋康が最も信頼している人物だ。おそらく、夏月が忠影に対するように信頼と尊敬を抱いている。だからこそ、簡単に認めることができないのはよくわかる。

「これはどういう意味だ！」

「我が異母兄たちが、狩野さまより賜った書状にございます。そして我が異母兄と佐伯春成以下十数名の者は夜見の惣領たる私を裏切り、ご側室一派に寝返ったのでございます」

それは秋康が最も信頼する人物の裏切りの証拠であると同時に、夜見一族からも許し難い裏切り者を出してしまったという証でもあった。

夏月は淡々と身内の恥である春成たちの裏切りと、自身が拉致監禁されていたあらましを語った。ただし凌辱された件については、ただ拷問を受けたという表現にぼかして詳細を省く。

「その書きつけが狩野さまを陥れるための罠であり、偽物だという可能性も考えられます」

夏月がそうしめくくってからずいぶん長い間、秋康は無言で書きつけを握りしめたまま、瞑目しつづけた。やがて静かに目を開けると、声を上げて近侍を呼びつけて、

「信綱を呼んで参れ。ああ、ここではなく、黒書院へ」

命じながら書きつけを懐にしまい込む。いつもと変わらない声の調子が、却って秋康の決意を表していようだった。

「さて、儂はこれから古い友人であり師であった男の罪を曝き、断罪せねばならぬ。だがその前に、そなたとそなたの一族への仕置きをすべきだろう」

「はっ…」

夏月は改めて深く平伏すると、下腹に力を入れて覚悟を決めた。

「身内から裏切り者を出し、敵方に寝返られ、大切な機密が筒抜けになるなどという失態を侵した者を笑って許すほど、儂は太っ腹ではない。――が、此度の一件に関しては、儂の身内からも裏切り者を出してしまった。その者の裏切りによって、そなたも心身にひどい傷を負ったようだ」

「いえ…そのような」

「何もなかったことにしたいのなら、それでもよい。だが、儂の目は節穴ではないぞ」

秋康の鋭い観察眼は、夏月が単なる拷問を受けたわけではないことを見抜いていたようだ。

「…はい。申し訳ございませぬ」

項垂れる夏月に、秋康は許しを与えた。

「謝らずともよい。それで結論だが、本来ならこれほどのしくじりをした者をただで許すわけにはいかない……が、此度はそなたの働きによって吾子の命を守ることができた。さらに、獅子身中の蟲《むし》をついに見つけることもできた。このふたつの働きにより、そなたの一族内の不祥事については不問に付すことにする」

「――…はっ！　寛大なお言葉、心より感謝いたします」

夏月は地面に額ずくほど頭を下げて、主君の器の大きさをしみじみと思い知った。やはりこの方を主君に選んだのはまちがいではなかった、と。

裏切り者を出したことは不問に付すと言われたが、もちろんそれは、惣領である夏月が責任を持って処罰するよう任せるという意味だ。

「うむ。では、今後も忠勤に励むように」

秋康は最後に、今回の件がすべて片づいたら、そのときは吾子の居場所を教えてくれと言い置いて本丸御殿に戻って行った。その後ろ姿が庭木の彼方に消えるまで、夏月はじっと見送った。そうして静かに傍らに寄り添った忠影とともに、夜見の惣領屋敷に向かって一歩を踏み出した。

惣領屋敷に戻った夏月は、氷雨虎次兄弟と春成の裏切りによって混乱し、疑心暗鬼に陥ってまとまりを欠きはじめていた一族の建て直しに勤しんだ。

死んだと聞かされた惣領の帰還と、引き替えのように斬殺された佐伯春成の死に不審を抱く者もいたが、彼らは夏月の行くところどこでも影のようにつき従い、以前とはちがう厳しさと険しさを身にまとった忠影の、凄味を増した瞳に睨《ね》めつけられて口をつぐんだ。

その後、館林藩は夜見一族の影働きのおかげで、世に吹き荒れた改易・転封、取り潰しの暴風を難なくしのいで、太平の世へと漕ぎ出す。

戦乱の世が遠くなるにつれ、忍びの者たちもやがてただ人の中へとまぎれてゆく運命にあった。しかし姿や呼び名は変わっても、主のために生きる者が消えてしまうことはない。

夏月はその後も時折、体調不良を訴えて寝込むことがあったが、そんなときは必ず忠影が寝ずの番を務め、決して他人を近づけようとしなかった。

延宝八年、早春。

「何を見ておられるのです？」

「雪割草《ゆきわりそう》だ」

忠影は一歩進み出て夏月とならび、地面に積もった白い雪と、その下から顔を出そうとしている黄金色の花のつぼみを見つめた。

「もう、冬も終わりですね」

「ああ…」

夏月は顔を上げて、雪割草から夜見の隠れ里に視線を移した。冬でも鬱蒼と生い茂る木立の間を、年端もいかない子どもたちが跳んだり走ったりしている。少し離れた場所で腕組みをした彼らの師匠が、厳しい表情であれこれと指示を出して訓練していた。

夏月と忠影はその様子を、彼らからは見えない場所でしばらく見守った。どちらも口には出さなかったが、互いに子どもの頃を思い出していると感じ取っていた。

「そろそろお屋敷に戻りましょう」

「うん」

忠影に促された夏月が踵を返して何歩か進んだところで、突然、子どもたちが明るい歓声を上げながら脇の茂みから飛び出してきた。追いかけっこに夢中になっていたせいで、気配を消した夏月と忠影に気づけなかったらしい。

「きゃぁ！」

「うわっ」

「あぁ…！」

息をするより自然に前へ出て夏月を背後に庇った忠影の逞しい身体に、子どもたちが小気味よい悲鳴を上げながら次々とぶつかっては弾き返され、ころんと転がる。最後に現れた一番年嵩の少年だけは直前で踏みとどまり、自分が誰にぶつかろうとしていたのか気づいて真っ青になった。

「も、も、申し訳、ございません…ッ」

少年は小さな子どもたちをあわてて引っぱり起こしながら、血の気をなくした唇を震わせて何度も謝った。夏月が何か言うより早く、忠影が無言で顎をしゃくって見せると、青ざめた少年は年下の子どもたちを抱えて脱兎のごとく師匠のもとに駆け戻って行った。

「恐がらせてしまったな。あれは私ではなく忠影の顔に驚いたにちがいない」

雪の上に残った足跡を見つめながら夏月が苦笑すると、忠影は険しい表情を変えないまま返した。

「恐がられるくらいで丁度いいのです。夏月さまの親しみやすさに狎《な》れて、不埒な振る舞いに及ぶ者が出ないようおさえるのが私の役目ですから」

怒らせれば何をされるか分からない、抜き身の刃のように危険な男だと思われて、遠巻きにされることにはもう慣れた。

夏月は忠影の顔をちらりと見上げて「そう…だな」とうなずいた。その声に以前の自分を懐かしむ色がかすかににじんでいたけれど、忠影は周囲に対する厳しい態度を改めるつもりはなかった。

やさしさや笑顔は愛する人の前でだけ見せればいい。自分はただ黙々と夏月を護り続けるだけだ。

いつまでも、命尽きるまで。――いいや。

たとえ命が果てたとしても。

あとがき

『作者はカッコイイと思っているのに、読者さん的にはヘタレ攻』もしくは『間に合わなかった男(攻)』シリーズ第…第……何弾になるんでしたっけ？　そうじゃない攻を探した方が早い作者、六青《ろくせい》みつみです。こんにちは。

今回は忍者物であります。時代的には『君がこころの月にひかれて』と同じ江戸前期（ですが『君が～』とのリンク作ではありません）。私にとって忍者といえば『NA○UTO』…ではなく、小学校の学級文庫にあった白土三平《しらとさんぺい》の『カムイ外伝』だったりします。この『カムイ外伝』のテーマが抜け忍に対する執拗で容赦のない追跡と制裁だった（はず）ので、私の中でもそんなイメージが定着していました。でも今作を書くにあたっていろいろ調べてみたら、またちょっと違った面などがあって面白かったです。

そんな忍びを題材にした今作で書きたかったテーマ（またの名を萌えポイント）は、まず主従関係。たしか一話目（雑誌掲載作）のプロットを担当さんに口頭で説明したとき真っ先に口にしたのが「忍者で主従物なんですが」でした。担当さんの『主従物ですか、いいですねぇ！』という返事に気をよくして「主が受で従が攻です☆」と言ったら『え!?逆じゃなくて？』と聞き返されたのを覚えています。主が攻で従が受というのも王道で好きなんですが、主が受で従が攻というのも、下克上とか、公務とプライベートでのギャップとか、胸キュン要素が多くて大好きです。たとえば、学生時代は先輩(攻)後輩(受)だったのに、成人して公務についたら上司(受)部下(攻)になったとか、たまらないじゃないですか！　公の場では口答えひとつせず有能な部下っぷりを発揮している攻が、プライベートでは以前のように受を呼び捨てにしたり後輩扱いしたりとか、そういう関係にきゅんきゅんするじゃないですか！　で、今作はそんな気持ちを織り込んで書いたつもりが、気がつけば公務でもプライベートでも耐える男、耐えて遠慮しすぎてちょっとヘタレ気味な攻に。たぶんこれは私が『身分違いを気にして、両思いになっても遠慮する攻』というのを書きたかったせいだと思います。

今回の個人的萌え要素、そして表のテーマは「主従関係」「身分違い」「敬語責め」。身分違いはこれまでもけっこう書いてますが、主従関係というのは思い返してみると意外と書いてなかったような…。おかしい、大好きなのに。あ、でも主従関係は来年たくさん書くつもりです。ケモミミ物で主従関係になる予定なのでお楽しみに☆

今作に話を戻しますと、主人公の夏月《かげつ》と忠影《ただかげ》は前半（雑誌掲載時）ではちゅーがやっとの焦れ焦れで清らかな関係でしたが、その仇を取るように後半（書き下ろし分）はアレやコレやで大変なことになってます。まあ大変なのはいつものことですが(笑)。そのあたりの落差も楽しんでいただければ幸いです。

表のテーマを語ったところで、裏のテーマも…と思ったのですが、ちょっとネタバレになるので伏せ字で。雑誌掲載分を書いていた時から『このあと夏月は○○れて○○されて、忠影はそれを○○てるしかなくて――、最後はふたりで○○○○して…』という場面が常に頭にありました。今回、続きを書くときはこの頭にあったシーンを入れつつ、なんとかもう少しソフトな展開にならないかなぁ…といろいろ考え、考えすぎてちょっと空回りしてしまい、結局、当初一番書きたかったシーンをそのままストレートにどどんと書いてみました。電話の向こうで半分あきらめ気味に肩をすくめ、溜息をついている担当さんの顔が目に浮かぶようで申し訳なかったですが…。でもやっぱり大好きなシチュエーションなので、思う存分書けて楽しかったです。

いつもは1ページか2ページばかりなのに、今回4ページもあとがきスペースをもらってしまい、心配した担当さんからお題を3つほどもらったのですが、まだ1ページ半も残ってますね。ではもらった最後のお題『ミハちゅんについて』。

ミハちゅんというのは今年12歳になる私の飼い猫です。生後2カ月から完全室内飼い&ひとりっ子で育ったせいか、びびり屋で人見知りが激しい可愛い子ちゃんです。

このミハちゅん、私が原稿できゅうきゅうしてると、その空気を敏感に察知&影響されるらしく、私より先にストレスで吐いたり顔を洗いすぎて目を引っ掻いちゃったりする繊細な子です。ただでさえ原稿で追いつめられてるのに、その横でケロケロリンと吐かれたりすると、ちょっと泣きたくなったり申し訳なくなったりします。自分はヨレヨレになっていても、幸せそうにグーグー寝てるにゃんこの姿を見るのが至福のひとときなので。

まだスペースありますね。ではちょこっと宣伝を。『ruin—傷—』『ruin—緑の日々—』のリンク作になる『一枚の絵』が9月に他社さんから発売になりました。気になる方はぜひチェックしてみてください。よろしくお願いいたします。

さて、今回挿絵を描いてくださったのは山岸《やまぎし》ほくと先生です。山岸先生、ありがとうございました。『夕陽と君の背中』以来の二度目になりますが、ファックスで届いたラフをＰＣの横に置いて眺め、ふたりの表情に胸きゅんしながら原稿のラストスパートがんばりました。

そして毎回迷惑をかけてしまっている担当さんや校正さんにもお詫びと感謝を。すみませんでした、そしてありがとうございます。次こそ優等生目指してがんばります…！

最後になりましたが、この本を手に取ってくださった読者の方に最大の感謝を。ちょこっとハードな内容ですが、楽しんでいただけたら嬉しく思います。

次はファンタジーの予定。来年早めにお目にかかれるのを楽しみにしています。

水始《みずはじ》めて氷《こお》る／六青みつみ

＊後日談・同人誌などの情報は→http://www.lcv.ne.jp/~incarose/《インカローズ》

初出
散る花は影に抱かれて 第一章———— 2004年 小説リンクス10月号掲載作を改稿
散る花は影に抱かれて 第二章———— 書き下ろし

LYNX ROMANCE

遥《はる》山《やま》の恋《こい》

六青みつみ illust. 白砂順

898円
（本体価格855円）

山で暮らす紫乃は、老犬・シロと狩りの最中に傷ついた青年を救う。紫乃は、初めて見る強い男の顔立ちと立派な体つきに奇妙な胸の高鳴りを感じながらも、青年を必死に看病する。夢でうなされ、熱に苦しむ青年になぐさめと労りの言葉をかけ続け、自分以外の誰かがいることに嬉しさを感じる紫乃。だが、青年が目覚めた途端、『化け物』と罵られ、拒絶される。紫乃の身体には、薬では消えない深い理由をもつ痣があった——。

LYNX ROMANCE

君《きみ》がこころの月《つき》にひかれて

六青みつみ illust. 佐々木久美子

898円
（本体価格855円）

町人の葉之助は両親を亡くし、陰間茶屋に売られようとしたところを逃げだし、津藩主藤堂和泉守隆継に拾われる。隆継を一途に慕う葉之助だったが、同僚の罠にかかり、藩邸を追い出されてしまう。生きる気力を無くした葉之助が選んだ道は、人知れず死ぬことだった。腹を切り、瀕死の葉之助を救ったのは、幼なじみの吉弥。一命を取り留めたものの、心に深い傷を負った葉之助は、吉弥と共に人生を歩もうとするが……。

LYNX ROMANCE

至《し》福《ふく》の庭《にわ》 ～ラヴ・アゲイン～

六青みつみ illust. 樋口ゆうり

898円
（本体価格855円）

カウンセラーである兄の仕事を手伝いながら暮らす鈴木佳人は、過去の事件が元で心に深い傷を抱えていた。ある夏の日の午後、佳人は庭で藤堂大司という男と出会う。男性的な力強さをもつ藤堂に怯えを抱きつつも、魅力的で真摯な態度に惹かれていく佳人。彼と過ごした僅かな間にも、佳人は不思議と離れがたさを感じていた。別れ際、自分に向けられた藤堂の、何かを訴えるような瞳に佳人の心が揺れ動き……。

LYNX ROMANCE

騎《き》士《し》と誓《ちか》いの花《はな》

六青みつみ illust. 樋口ゆうり

898円
（本体価格855円）

戦乱と飢饉によって衰えていくシャルハン皇国で、過酷な生活をおくる奴隷のリィトを救ってくれたのは、端正な容貌の黒衣の騎士・グリファスだった。誰からも優しくされなかったリィトは、彼の包みこむような気持ちに惹かれていく。そんな幸せな時を過ごしていたある日、リィトはグリファスから、彼が仕える皇子の身代わりを頼まれる。命を救ってくれたグリファスのため、リィトは身代わりとなることを決意するが……。

LYNX ROMANCE

蠱《こ》蟲《ちゅう》の虜《とりこ》

六青みつみ　illust. 金ひかる

898円
（本体価格855円）

砂漠に捨てられた奴隷のリーンは死の直前、精悍な容貌のカイルに救われる。カイルの献身的な看病に、暴力しか与えられていなかったリーンは、彼への恋心を意識していく。しかし、体力がなく旅ができないリーンは、村で彼と泣く泣く別れることに。いつかカイルとの再会を願っていたが、夜盗の襲撃に遭い、慰み者として連れ攫われてしまう。逃亡を試みるリーンに、首領が『蠱蟲』という恐ろしい異生物を体内に植えつけ……。

LYNX ROMANCE

蠱《こ》蟲《ちゅう》の虜《とりこ》 〜螺旋への回帰〜

六青みつみ　illust. 金ひかる

898円
（本体価格855円）

苦難を乗り越え、身も心も強い絆で繋がりあったリーンとカイル。リーンの身体に寄生した『蠱蟲』を取り除くため、どんな願いも叶えてくれるという「白亜の泉」を目指して、二人は源初の大陸に渡る。しかし、リーンは原因不明の体調悪化に苦しみ、さらには『蠱蟲』による身体の禁断症状のせいで、暴漢に襲われそうになる。カイルによって救いだされるが、目的地に近づくごとに、リーンは弱っていき……。

LYNX ROMANCE

ruin ー傷《きず》ー

六青みつみ　illust. 金ひかる

898円
（本体価格855円）

幼い頃に親友に救われ、身も心も尽くしていたカレスは、彼に同性の恋人ができたことで、初めて自分の想いに気づく。遅すぎた恋の自覚に苦しみながら、懸命に彼の片腕としてカレスは政務に励んでいた。だがある夜、胸の痛みに耐えかねて酒場に出向いたカレスは、暴漢に絡まれたところを山賊のような男・ガルドランに助けられる。カレスは酔った勢いで抱かれ、肉体を責められるその行為に奇妙な慰めを見出すが……。

LYNX ROMANCE

ruin ー緑《みどり》の日《ひ》々《び》ー

六青みつみ　illust. 金ひかる

898円
（本体価格855円）

親友への報われない恋の辛さ、そして政敵から受けた手酷い暴行により、心身ともに深い傷を負ったカレスは、隻眼の公爵ガルドランに連れられて、森の都ルドワイヤにやってくる。公爵の深い愛情に包まれたカレスは、傷の癒えとともに、自らの中に確かに存在するガルドランへの想いを自覚していた。彼の立場を慮り、想いを告げることをためらうカレスだったが、ガルドランに結婚の話が持ち上がっていることを知らされ……。

この本を読んでの
ご意見・ご感想を
お寄せ下さい。

〒151-0051
東京都渋谷区千駄ヶ谷4-9-7
(株)幻冬舎コミックス　小説リンクス編集部
「六青《ろくせい》みつみ先生」係／「山岸《やまぎし》ほくと先生」係

リンクス ロマンス

散る花は影に抱かれて

2010年11月30日　第1刷発行

著者……………六青《ろくせい》みつみ
発行人…………伊藤嘉彦
発行元…………株式会社　幻冬舎コミックス
〒151-0051　東京都渋谷区千駄ヶ谷4-9-7
TEL 03-5411-6434（編集）
発売元…………株式会社　幻冬舎
〒151-0051　東京都渋谷区千駄ヶ谷4-9-7
TEL 03-5411-6222（営業）
振替00120-8-767643
印刷・製本所…共同印刷株式会社
検印廃止

ISBN978-4-344-82093-7　C0293
Printed in Japan

幻冬舎コミックスホームページ　http://www.gentosha-comics.net